通州の奇跡

凶弾の中を生き抜いた母と娘

皿木　喜久 編著

JN184980

Booklet Liberty 9
自由社

序文　加納満智子さんとの出会い

通州事件アーカイブス設立基金副代表　皿木喜久

昨年九月、「新しい歴史教科書をつくる会」本部にある通州事件アーカイブス設立基金の事務局に、一人の女性から電話がかかってきた。東京・練馬区に在住の加納満智子さんである。「実は私の父と叔母が通州事件で犠牲になりました」ということだった。

アーカイブス設立基金は昭和十二（一九三七）年七月二十九日、北京郊外の通州城内で、二百人を超える日本人が中国兵によって惨殺された「通州事件」の調査研究や資料収集を目的として、「つくる会」が中心となり設立したNGOである。

事件は中国・華北地方での日中両国の衝突を避けるため作られた冀東《きとう》防共自治政府の軍隊で、冀東政府や居留日本人らを守る任務を帯びていた「保安隊」が寝返り、次々と日本人（朝鮮半島出身者を含む）を襲った。その残虐非道ぶりは当時、日本で大きく報道されたが、戦後は歴史書や歴史教科書でもほとんど触れられなくなった。

このためアーカイブス設立基金は事件を風化させないため、昨年の五月には「チベット人虐殺」とともに「20世紀中国大陸における政治暴力の記憶」として、ユネスコの「世界の記憶」に登録申請を行った。また事件から七十九年にあたる七月末には、発足記念のシンポジウムを開いたばかりだった。

加納さんはそれらのことを伝える新聞記事を読み、連絡をとっていただいたらしかった。事件からはすでに八十年近くがたっており、私たちにとって事件の犠牲者や生還者の縁故者を探し出すのは至難を極めていた。それだけに、その遺児で姪でもあるという方が名乗り出ていただいたことは驚きだった。

だが加納さんと連絡をとり、お聞きした話はもっと衝撃的だった。

満智子さんの父親は、奉天（現中国遼寧省瀋陽）の満洲棉花協会から、植棉指導のため通州に派遣された約一ヵ月後、中国兵によって殺害された浜口良二さんだった。また叔母の浜口文子さんは良二さんの妹で、やはり満洲棉花協会のタイピストとして、通州に派遣されていて事件に遭遇、命を奪われた。

さらに良二さんの新妻で満智子さんの母である浜口茂子さんも、良二さんとは別の住宅で、文子さんや他の棉花協会の関係者らとともに保安隊に襲われ、背中に重傷を負ったが、奇跡的に助かった。

のみならず、そのときお腹の中にいた赤ちゃんは無傷で、日本に帰った後、三ヵ月後に無事に生まれた。それが加納満智子さんである。つまり満智子さんはお母さんの胎内で、この歴史的な惨劇に遭遇、母親ともども生還した「奇跡の人」だったのである。

もうひとり、満洲棉花協会で浜口さんの上司の妻にあたる安田正子さんも同じく妊娠中で、茂子さんと同じ部屋で銃撃された。だがこちらも弾はお腹の赤ちゃんをかすめ、母子ともに生き延びた。正子さんは翌月、天津市内の病院で長女の美智子さんを無事出産する。

二組の母子の生還は、目をそむけたくなるような悲惨な事件の中で、一条の光と言っていい救いとなったのである。

このうち、安田さん母子のその後の詳しい消息は分からないという。他方、浜口茂子さんは三重県伊勢市にある亡き夫の実家で満智子さんを育てあげ、戦後に教職免許を取り、長く東京都檜原村で小学校教員をつとめた。

そして五十歳を超えた昭和四十二年、満洲棉花協会のＯＢたちの求めに応じ、周りの人が次々と惨殺されていく模様などを克明に描いた手記「通州事件遭難記」を書いた。茂子さんは残念ながらその半年後、五十二歳で他界するが、手記は満洲棉花協会のＯＢたちでつくる「無《む》斁會《えきかい》」が編集した『通州事件の回顧』という本に収められ、昭和四十六年に出版された。

『通州事件の回顧』は茂子さんの手記のほか、満洲棉花協会の一員で、事件に遭いながら中国人になりすますことで奇跡的に助かった藤原哲円さんの「通州事件回顧録」、それにやはり棉花協会の同僚で、妻とともに殺害された石井亨さんの「遺書」などに触れた「最後の手紙と血染めの手帳」の三作からなっている。私家本で市販はされなかったが、国会図書館で読むことができ、最近まで通州事件を知る上で唯一と言っていい書籍となっていた。

加納満智子さんが、私たちに父親と母親の話をしようとされたのは、これだけの残虐非道な事件があったのに、近現代史においてほとんど伝えられない、いやむしろ覆い隠そうとされていることに対する疑問やもどかしさを強く感じてこられたからのようだ。二回にわたるインタビューでは「あったことだけは書いてほしい」と希望され、母親や親せきの人たちから伝え聞いた事件の話や、その後の母と娘の生き方を淡々と話していただいた。

そこには本来、満洲か日本で穏やかに送るはずだった父母との生活が、中国兵の蛮行により一挙に奪われた無念さもしのばれた。最後に「やっと親子三人揃ったと、肩の力が抜けた思いです」と話しておられたのが印象的だった。

このため加納さんのそうした思いを後世に伝えるべきだと考え、加納さんへのインタビューに加え、その許しを得て『通州事件の回顧』の中の茂子さんの手記を再録、さらに藤原さんの手記などをもとに「満洲棉花協会と通州事件」についてまとめ、出版することになった。

この本を通じ、日本の国民だけでなく世界に対してもこんなむごい事件がつい八十年前に隣の中国大陸であったことを改めて発信したいと思う。

通州の奇跡
凶弾の中を生き抜いた母と娘

目次

第二部　通州事件遭難記
（無戮會『通州事件の回想』より再録）　浜口茂子……35

第三部　満洲棉花協会と通州事件

第一部　事件以来80年、母と娘が生きた戦後

―加納満智子さんに聞く

◆妊娠6カ月、背中から撃たれた母

―加納さんがお生まれになったのは昭和十二年の十月二十七日ですね。

加納満智子　はい、通州事件のちょうど三カ月後に生まれたのです。あの事件で「安田公館」と呼ばれていた冀東《きとう》政府（注1）の植棉指導所宿舎にいた男女十人のうち、主任の安田秀一さんの奥さんの正子さんと私の母の浜口茂子の二人だけ助かったんですが、二人とも妊娠していました。特に安田さんの方はもう出産が迫っていて、日本軍に救出された後、天津にあった日本の病院に運ばれ、八月十五日に御嬢さんが生まれました。美智子さんという方です。

私の母も妊娠しているうえ、背中を撃たれていて重傷だというので、安田さんより一日遅れて天津の病院に運ばれたようです。ところが母の方はどうもお医者さんが計算を間違えていたようで、妊娠七カ月と思っていたのにまだ六カ月だと言われて（笑い）。で、キズが少し良くなってから日本に帰って生んだ方がいいというので、九月に父親の郷里である三重県の伊勢市（当時は宇治山田市）に帰り、そこの日赤病院で私が生まれたようです。

―事件のときはまだお母さんのお腹の中で、むろん事件のことは記憶にないのですが、それにしても凄惨なできごとでした。

加納　はい、私は子供のころから事件のことを聞いていましたが、それは棉花協会など私に身近なことばかりで、全体のことは大人になって知りましたが、近水楼（注2）なども酷かったようですね。

—お父さんは別の場所で襲われ、亡くなったそうですが、お母さんは大変勘が鋭いというか、霊感がはたらくというか、手記の「通州事件遭難記」には、お父さんが亡くなった同じ頃、胸騒ぎがしたといったことを書いておられますね。

加納　父はその日、この日から始まった冀東政府庁舎での宿直でした。状況がかなり緊迫していたので政府と安田公館との連絡をとるためです。ほんとうは安田さんの番だったんですけど、奥さんのお産が近くて、病院に連れていくかもしれないので、父が代わったらしいのです。満洲棉花協会（注3）の同僚で、別の場所にいたため助かった藤原哲円さんが、その冀東政府の庁舎の中で撃たれてコト切れているのを見つけていただいた。その後、母と再会したときにその事実を教えてくれたのです。

◆お腹の赤ちゃんに当らなかった凶弾

―それにしても、お母さんも安田夫人もよく助かったものですね。しかもお腹の中の赤ちゃんともども。

加納　母が書き残したところによると、二人は妊娠していることもあって、安田公館の応接室の奥のせまい部屋にいて、壁みたいなところに背中をもたれていたらしいのですが、侵入してきた保安隊（注４）の中国兵たちが銃を乱射して、応接室の人たちが次々に亡くなります。母たちがいた部屋にも銃弾が飛び込んできて、安田さんの奥さんのお腹に弾が当たり、大腿部にまで達しましたが、奇跡的に赤ちゃんには当たらなかった。母も壁越しに撃たれて、弾が背中に当ったらしいのです。

ただ相手は二人とも死んだと思ってとどめを刺さず、それで助かったということですね。ただ、カケラがいっぱい刺さった母の右側の背中は、傷口がすり鉢状にへこんでいました。後に小学校の教員をしていて、身体検査でレントゲン写真を撮るとき、校医の先生から「どうしたんですか？」と聞かれて「実は…」と事件の話になったこともあったそうです。

——二人とも後に無事出産されたのですけど、ほんとに奇跡的でしたね。

加納　ええ、私が言うのも変ですけど（笑い）。

——やはりなんとか子供を守ろうとされたのでしょうか。

加納　まあ、本能でしょうね。とっさのことで、そんなに考えてやったわけじゃないでしょうけど。

◆かわいそうだった叔母の最期

——おふたりとも返り血を浴びていたうえ、ザンバラ髪という酷い姿になったとか。

加納　安田さんの奥さんとどちらが先に気付いたのかわからないけど、ふっと生き残った二人が顔を合わせたようなんですよ。それで後日「お互い顔を知っているから、怖くもないし気持ち悪くもなかったけど、知らなかったら私たちまるでお岩さんだったよね」と言い合ったと、書いていますす。

——同じ場所でお父さんの妹、つまり満智子さんの叔母の文子さんも亡くなっています。

加納　ええ。文子叔母は父と同じ満洲棉花協会でタイピストをしていて、いっしょに通州にきていました。ダンスのうまい、なかなかのモダンガールで、棉花協会の人たちのあこがれの的だったらしいのですが、これも母が書き残したところによりますと、棉花協会の常務理事だった松田省三さんからもらった大好きなハンドバッグを振り回して賊に抵抗したのですが、撃たれて「お母さん痛いよ」という声がだんだん小さくなって息絶えたそうです。

まだ二十歳でした。その話は母の口から直接は聞いておらず、「遭難記」を読んで初めて知りましたが、青竜刀で斬られていたという情報もあったらしいですね。いずれにせよ、父の場合は私がいましたから、親戚の間でも後々まで話が出ていたのですが、叔母は独身のまま亡くなったので、そこで切れてしまって。その意味でもほんとにかわいそうだったなと思います。

—お父さんは伊勢からどうして満洲へ行かれたのでしょう。

加納　私もよく知らないのです。母も父のことはほとんど話してくれませんでした。どんな人だったか、性格はどうだったかも。結婚生活はわずか七カ月ほどでしたから、あまりよく知らなかったのかもしれません。ただ父のすぐ下で新聞社にいた叔父の話では、ちょっと左翼というか、左側の方に傾いていたらしくて。そこまで運動していたかどうかはわからないのですが。
それで日本紡績の岡田さんという方の紹介で棉花協会に入り、満洲の奉天に渡ったらしいのです。大学は出ていなかったので、技術屋ではなく事務方だったと思います。母とは写真見合いだったらしく、昭和十一年の十二月に伊勢の猿田彦神社で結婚式をあげて、新婚旅行みたいな感じで奉天に戻りました。翌十二年の六月ごろ棉花協会から派遣されて、母や文子叔母もいっしょに通州に行き、一カ月ほどで事件に遭ったのです。

浜口良二氏＝加納満智子さん提供

――七カ月とはいえ、連れ添ったお父さんを同じ事件で殺害され、お母さんもそれはショックだったでしょうね。

加納　棉花協会の藤原哲円さんは『通州事件の回顧』の中の「回顧録」で、事件後、奇跡的に生き残った母と再会して父の遺髪を渡し、その様子を話すと、「お世話さまでした。ありがとうございます」と、少しもとり乱さないその健気さに深い感動を覚えたといったことを書かれてます。でも母の方は「声をしのんで、思いっきり泣いたが、取り乱して笑いものになることはしなかった」と書いています。並大抵のショックではなかったと思います。

◆満洲で穏やかな生活のはずが

―満智子さんというお名前はやはり満洲からですか。

加納　その通りです。父が亡くなる前から決めていたらしいのです。女の子だったら満智子だって。男の子だったらどうしたのか、それは聞きませんでしたけどね。満洲で生まれるはずの子供だったから。父も母も一カ月前にきた通州で事件に遭ったのですが、通州へ行かなかったり、事件が起きなかったりしていたら、私と両親とで満洲で穏やかな生活をしていたのでしょうね。その後のことはわかりませんけど。中国残留孤児の方もたくさん出ましたから。

―日本に帰られた後、生まれた満智子さんと母子二人、伊勢市のお父さんの実家に身を寄せられたのですね。

加納　はい。実家には両親、つまり私の祖父母と八人の兄弟、姉妹がいたようですが、両親と長男は早く亡くなり、本来は二男の父が後を継ぐべきところなのですが、満洲にわたり、あいうことになって、結局父のすぐ上の姉の主人、つまり伯父が弟や妹たちの面倒を見ているという状態でした。そこへ通州事件のニュースが飛び込み、みんな死亡したらしいと、大騒ぎになった。しかし母一人生き延びたということで、伯父が身重の母親を九州か大阪まで迎えに行ったと言っていました。でも暑い時期だったそうですから、九月になって帰ってきた母ではなく、父の遺品を受け取りに行ったのかもしれません

──お父さまのお骨は帰ってこなかったのですね。

加納　伊勢にお墓はありますが、骨は帰ってこなかったと思います。遺体は向こうでまとめて処理したんでしょうね。藤原さんが切り取ってくれた遺髪は母が自分で持って帰ってきたようです。それと唯一といっていい遺品として日記帳があります。自宅に置いていたものを藤原さんが見つけてくれたようです。書いてあるのは結婚するまでのことで、事件直前のことは何もないのですが、この分厚い冊子を、相手が乱射した銃弾が貫いているという生々しいものです。藤原さんの話では、宿直に行くとき「文藝春秋」を小脇に抱えていたということですが。

◆「奇跡の子」として可愛がられた

—伊勢の実家は大家族だったのですね。しかし戦前とはいえ、そういう状況でお父さんの実家に帰っては、いろいろ軋轢もあったのでは？

加納　それはそうですね。母はもともと東京の人間で、父との結婚生活はわずか七カ月。しかも結婚してすぐに奉天に渡っていて、父の家族とはほとんどなじみがなかったのですから、ほんとうに精神的にはつらかったと思います。

私の方は「奇跡的に生まれた子」ということで（笑い）、ずいぶん大事に育てられました。田舎なのに小さなころ、ブランコに乗ったハイカラなフランス人形など、お人形さんをいっぱい持っていました。たぶん棉花協会の方たちが「満智子ちゃん、お父さんいなくてかわいそうだから」と、誕生日に送ってくれたのでしょうね。

叔父、叔母や従兄弟たちともいつもいっしょで、寝るときだけが別という生活でした。だから、父親がいないとか、寂しいとかはまったく感じなかったです。でも母は違った目を向けられていたと思います。

――やはりそうでしたか。

加納　身内から言われたそうですよ。「何でお前だけが生きて帰ってきたんだ」って。そういうこともあったし、私を育てていくためにも自立しなければいけないと思ったのでしょうか、私が三歳のときでしたか、「東京のお茶の水師範（注5）にいって、教員の資格を取りたい」と言ったそうです。もともと東京育ちでしたから。そうしたら実家のみんなから「それならお前一人で行って、子供は置いてけ」って。それで私が小学校に入るまで待って、津（市）にあった補習をできるような所に通って勉強して、代用教員だったのでしょうが、資格をとって、昭和二十年から小学校の先生をしていました。初めは伊勢で、その後東京に出てきています。

――東京に出てこられたのは何年ですか。

加納　私が中学三年になった昭和二十七年のことで、ようやく実家の了解が得られたのでしょう。西多摩郡檜原村の南郷小学校というところに赴任しました。東京で教員をするといっても、もう年をとっていましたし、最初は離島か奥地しかない。船に乗って行くのは嫌だからと（笑い）、陸続きを選んだらしいのです。私も中学校の一年間だけそこで暮らして、高校は立川市の立川高校に進学しました。もちろん檜原村からは通えませんから、下宿して。

◆安田さんの美智子さんに会いたい

―安田さんもむろん、無事に出産されたわけですね。

加納　はい。安田さんとお嬢さんの美智子さん、母と私、それにやはり安田公館で殺害された尾山萬代さんという方の奥さんと、その遺児の京子さんの六人で撮った写真が残っています。昭和十三年十月に靖国神社で撮ったらしいのです。尾山さんは満鉄の方でしたが、その日どうも物騒だというので安田公館にきておられて事件に遭われたのです。私は小さいときから安田さんの美智子ちゃん、尾山さんの京子ちゃんという名前が頭に入っていましたが、いっしょに遊んだという記憶はないですね。

安田さんと美智子ちゃんもやはり、岐阜の安田さんの実家に戻っておられたということで、母とはしばらく付き合っていたようですが、二年か三年でその家を出られたようなんですね。母は「良縁にめぐまれ再婚された」と書いていますが、その後の消息は分からないのですね。母も「連絡とれなくなった」と言っていました。

―すると美智子さんの消息も

生還した２組の母子。左が安田正子さんと長女美智子さん。
右が浜口茂子さんと満智子さん。子供２人が一歳のころと見られる。
＝加納満智子さん提供

加納　全然分からないのです。お母さんと一緒に家を出られたのかどうかもわかりません。母はお母さんだけが出られたようなことを言ってましたが。どこかに元気にいらっしゃるなら是非、お会いしたいのですけれど。

―お母さんは事件の話を満智子さんにされたのですか。後には本も書いておられますから、隠すことはなかったのでしょうけど。

加納　むろん隠すことはなかったです。ただ父のことは私には何もしゃべらなかったですね。結婚して一年の間に女の人生を全部、経験したようなものですから、何十年も経たないと話せないということがありますよね。私もこの年になって分かってきたことも多いですけど、とても生々しくて話せなかったのだろうと思います。それでも私は小さいときから、通州事件のことも含め分かっていました。叔父たちや叔母たちが父たちのことを話すのを聞いて育っていましたから。

◆「もうあれ以上のことは起きない」

―満智子さんから見て、お母さんはどんな方でしたか。

加納　そうですね。割とおおらかな感じでしたね。彼女が事件とかさまざまな経験をしたのはまだ二十二歳から二十三歳のときでしたが、あれだけのことを乗り越えてきたということが根底にあったのか、あまりものごとに動じなかったですね。「もうあれ以上のことは起きない。起きてもなんとか乗り越えられる」という思いですね。口に出しては言わなかったけれど、見ていると、何ごともすっと乗り越えていましたね。

——例えばどんな場面ですか。

加納　母は昭和四十三年、私が三十歳のとき、乳がんで亡くなりました。五十二歳でしたが、その七年前に発病して、三年半で再発しました。最初のときは（東京の）福生市の病院でしたが、再発は広尾の日赤病院で言われ、私もいっしょに行って聞きましたが、怖くてどうすればいいのかわからなくなって。従兄弟たちはみな伊勢で、頼ることもできない。

ただ母は檜原村の人たちとうまくいっていて、教員住宅で若い先生たちといっしょに食事するというようなこともありました。だから、最初の手術のとき、私は怖くていけなかったのですけど、村の先生たちが交代で付き添ってくれました。

母はそれまで私を枠にはめないで自由にさせてくれまして、結婚のケの字も言わなかったのですが、再発後「自分はもう長くない」と覚悟を決めたのか、「そろそろ考えてもいいんじゃないか」って言っていましたね。それに病魔と闘っていた間も、松田さんに依頼されて「遭難記」を書いていました。亡くなる半年ぐらい前でしたか。事件のことを今、書いておかなければという強い心だったようで。病気に動揺しているようではとても書けなかったと思います。結局、本の出版には間に合わなかったのですけどね。

―お母さんは恋愛もされたとか。

加納　ええ。結婚にまではいかなかったですけど。私もその時は決していい気持ちはしなかったですけど。今考えると、そういうこともあって良かったと思っています。だって、新婚七カ月で夫を殺害され、その後は子育てなどに縛られていて、何もないというのではあまりにかわいそうですものね。

―満智子さんは当然、通州事件にはずっと関心をお持ちでしたね。

加納　ええ。ただ、さっきも言いました通り、私が聞いて知っていたのは自分の身の回りというか、棉花協会に関することだけで、最も残虐だったという近水楼のことなど大人になってから知りました。それでも昭和史の本が出て手にすると、まっ先に探すのは通州事件なのですが、まず載っていないですね。黙殺されているのか、それとも歴史上なかったことになっているのですかね。

◆あったことぐらいは書いてほしい

――なかったことになっているということはないでしょうが、「日中友好」のため、中国に都合の悪いことはあまり触れずにおこうということでしょう。その代わり南京事件などは中国側の言い分だけ書いているのです。ただ私どもの「新しい歴史教科書」は初めて通州事件を載せています（注6）。

加納　あったことぐらいは書いてほしいですよね。それに、この事件をこれほど身近に感じられるのは私が最後ぐらいでしょうから。私自身は七月二十九日になると「ああ父の日だなあ」と思いますけど、周りに話す人もいないですからね。以前、何人か私より年長の人と話していて通州事件を持ち出しましたら、たった一人だけ知っておられました。その方は、親戚の人がちょうどそのころ、中国の奉天かどこかにいて、通州で事件が起きたことを聞き、怖くなってみんなして日本に引き揚げてきたという話でした。その方一人だけでした。

――通州へ行かれたことはありませんか？

加納　ありません。ただ父の一番下の弟の保吉から「行ってみないか」と誘われたことがありました。この叔父は中学を出て十四、五歳のときに満洲の父の所へ行っているので、事件への思い入れは人一倍強いのです。中国語もほどほど、しゃべることができました。その後、伊勢で商売していたのですが、三十何年か前、「都合がつけばいつでも連れていってやるから、通州に行ってみよう」と言われたのです。

そのころ日中関係は今ほど悪くなかったし、叔父も日本で中国人の面倒をみていたので、行きたかったのですが、私は結婚が遅く、息子がまだ四歳か五歳と小さかったうえ、夫と一緒に食堂を始めたばかりで「いずれ行こうね」と受け流していたのですね。ところがその叔父が七十二歳のとき心筋梗塞で死んでしまいました。いっしょに行っておけば、叔父はもっといろんなことを知っていて教えてくれていたかもしれないのにと、残念な気持ちになりました。

もうひとつ、十何年か前の産経新聞に通州のことが出ていて、「今はどうなっている」とか、「事件の慰霊碑があったのだけどもうなくなっている」とか書いてありました。興味深く読んだのですが、このあいだ『慟哭の通州』を書かれた加藤康男先生にお聞きしたら「今はもう何もないよ」って言われました（注7）。中国としてはこれ以上いじられたくないわけですね。自分たちの方がやられっ放しだったと言いたいのでしょう。そんなこともあって、積極的に中国に行きたい気持ちはあまりありませんね（笑い）。

◆「浜口さんの孫か」と棉花協会の人たち

——中国は勝手ですから、日露戦争の戦跡である二百三高地など日本人向けの観光として役立つものは残しますが、自分たちの歴史観にとって都合の悪いものはどんどん、なくしています。通州も、その歴史から何から消し去り、北京の副都心として再開発しているようです。

加納　私はみんなの話から、父たちの棉花協会の人たちが綿を栽培していたというイメージが強いものですから、北京から遠く離れた田園地帯だったと思っていたのですが、加藤先生に聞くとそうではなかったんですね（笑い）。

——満智子さんご自身はどんな仕事をなさってこられたのですか。

加納　私は短大に入りまして、その後四年制に編入したかったのですが、苦労かけてきた母のこともかわいそうになって、もういいやって思って就職しました。初めは出版社で、その後建築設計事務所の事務をやったり、フリーで仕事をしたりしていましたが、結婚してからは板前の夫といっしょに練馬で食堂を始めました。

結婚は遅かったけど、男の子ひとりをもうけました。そのころ、満洲棉花協会のOBの方たちがそろって食堂に訪ねてきてくれたことがあります。みんな父の同僚だった方々ですが、母が東京に出てきてから、交流を再開していたものですから。小さかった息子をみて「おお、浜口さんのお孫さんか」と喜んでもらいました。

―御主人とは事件の話は。

加納　まあ、事件の話が新聞に載っていたとかそういう話はしますけどね。だから知らないわけではないし、息子にも話はしてありますから、「何それ?」ということはないですけど。

◆これでやっと親子三人がそろった

―「通州事件を世界記憶遺産に」という私たちの運動をお知りになったのは?

加納　読売新聞で「世界遺産に」という小さな記事を見つけて「あれっ、まだこんなことを言っている人がいるんだ」って。それで息子に「連絡した方がいいのかね。資料もいくつかあるんだけど」と言ったらインターネットで調べてはくれたけど、それ以上は関心を示さないんです。そこへ従弟が石井葉子さん（注8）が壇上にいらっしゃる写真を見つけて送ってくれたんですよ。その従弟は母の妹の子供で今も事件に関心を持っているようなのです。石井さんより私の方がもうちょっと事件に近いかなと思いまして。

—それで電話していただいた。

加納　初めは迷ったのです。というのも、世界遺産に登録したというから、資料はすでにそろっているのかなと思ったからです。でも、父のこういった遺品を見てもらいたいという気持ちもありましたし、事実だけは歴史の中に書いてもらいたいと思いますから。私が死んでしまえばもうおしまい。事件のことも一行で終わりになるのじゃないかと考えました。

従弟も「連絡した方がいい」と言ってくれました。さらに母の従妹にあたる石田満里子さんという人もすぐ新聞のコピーを送ってくれました。満里子さんはもう九十歳ですが、朝鮮に渡る予定だったころ通州事件のニュースを聞いて驚いたそうです。またその結婚相手で母の母方の従兄にあたる石田陸太さんは事件後、母を探しに通州に行っていますので、事件への関心は強く、後押ししてくれています。

—私たちにとって、とてもありがたいことでした。確かに資料は当時の軍や公安当局の文書、それに新聞や雑誌の記事と結構たくさん集まったのですが、何しろ被害者や奇跡的生還者の親族の方に直接御話を聞けたのは初めてですから、登録運動にとっても大きな力を与えてくださいました。

加納　こちらこそ、おかげさまで七十九年ぶりに父がよみがえり、遠い人が急に身近になった気持ちです。やっと親子三人揃ったと肩の力が抜けた思いです。ありがとうございます。

（聞き手　皿木喜久、藤岡信勝）

（注1）冀東政府　冀東防共自治政府の略。1932（昭和7）年、満洲国が誕生した後、山海関を挟んだ華北地方で、満洲国を「内面指導」する関東軍と南京の国民政府との間で軋轢が強まった。直接対決を避けるため、親日家で南京政府を離脱した殷汝耕が、関東軍の支援を受けて冀東（河北省東部の意味）に自治政府をつくり「緩衝帯」とした。「首府」を北京の東の通州におき、通州には約四百人の民間日本人がいた。また冀東政府は主要産業として植棉にも力を入れ、満洲棉花協会の日本人技術者らを招き植棉指導所を開設していた。

（注2）近水楼　当時通州の冀東政府庁舎付近にあった日本人経営の旅館。事件当日、19人の日本人泊り客がいたが、29日早朝、中国兵が銃を撃ちながら乱入、客や従業員を無差別に殺し客の持ち物などを略奪、一部の客らを「銃殺場」に連行して銃殺、惨状を極めた。

（注3）満洲棉花協会　昭和7年に満洲国が建国された後、満鉄（南満洲鉄道）経済調査部な

どの提言で棉花栽培の促進を目指して設立された。第3部で詳述。

（注4）保安隊　冀東防共自治政府が発足後、国民政府軍の正規の軍に入れない中国兵らを集めて組織した軍隊。当時通州に約3千6百人がおり、冀東政府と通州市内の治安を守るのが任務だったが、反乱を起こし日本人居留民惨殺行為に出た。通州には他に国民政府軍の第二十九軍（宋哲元軍長）の一部もおり、保安隊はこの二十九軍と内通していたほか、中国共産党とも接触、寝返ったとされている。

（注5）お茶の水師範　現在のお茶の水女子大の前身の東京女子高等師範学校。

（注6）自由社の教科書　「中学社会　新しい歴史教科書」（平成27年、文部科学省検定済）は、日中戦争（支那事変）の単元の中ではじめて通州事件について記述している。

（注7）現在の通州　通州はかつて城郭都市として栄えたが、近年は北京市通州区として副都心化の道をたどっている。『慟哭の通州』を執筆するため平成28年7月、通州を訪れたノンフィクション作家、加藤康男氏によれば、町を囲んでいた城壁はすべて壊され、高層マンションなどが立ち並び、通州事件に関連する建物は何一つ残っていないという。

（注8）石井葉子さん　第二部　浜口茂子さんの「通州事件遭遇記」や第三部にも出てくる被害者の石井亨氏（満洲棉花協会）の姪。昨年七月、通州事件アーカイブス設立基金が開いた記念シンポジウムでは、石井氏が残した遺書や辞世の句などについて話していただいた。

第二部　通州事件遭難記

（無戮會『通州事件の回想』より再録）

浜口茂子

はしがき

昭和十二年七月二十九日のあの通州事件から、もう三十年たちましたが、このたび松田会長さんから、いまのうちに、あのときの思い出を書きとめておいてはどうかと、お勧めがありましたので、もうだいぶん記憶もうすらいで、あのときのなまなましい光景を書き表わすことはとてもできませんが、つたないペンを走らせて当時の思い出を、とりまとめてみました。

いまでもなおときどきうずくあのときの古傷に悩みながら書きつづりましたこの思い出が、当時の棉花協会の同志の皆さんがたにとって往時をしのぶよすがともなりますなら、私にとっては、生涯の光栄でもあり、また無上の喜びでもあります。

昭和四十二年五月

浜口茂子

一　短かかった通州生活

私が主人良二と冀東《きとう》派遣の後詰めとして、奉天をたって通州城西門のほとりにある、安田公館に着きましたのは、たしか昭和十二年六月二十九日の夕方だったと思います。そのとき私は妊娠六カ月、岩田帯をしめて間もない身重でございました。

先遣の安田、石井のご夫妻、藤原さん、李さんご夫婦、それに義妹の文子の皆さんに温かく迎えられ、あらかじめ私らのためにご用意くださった公館内の別棟の住居に旅装を解きました。それからはよもやまの話に花が咲き、夜のふけるのも忘れましたが、皆さんが栄誉ある北支棉花改良増殖のパイオニアとして、その拠点づくりに日夜ご苦労の数々をお聞きして、これからは私らも、お仲間入りができるのかと、そのありがたさ、うれしさに、胸のふくらむ思いがいたしました。

それからの毎日は、和気と緊張こもごもの生活で、私も、いわゆる大和なでしこの一人として、誇りと自負をもって家庭を守っていたのでございます。そのころの日常生活の思い出を少し述べてみますと、私らが通州へ着いて八日ほどして日支事変の発端となった盧溝橋事件があったのでありますが、新聞も手紙もこなかったため、私らがそれを知ったのは二、三日たってからでありました。

また、七月の十六、七日ごろであったと思いますが、内地の巡査のようなことをしている中国人がやってきて、戸籍調べのようなことをして帰りました。そのとき私らみんなで「日本流の戸籍調べね」などと申して笑ったのですが、もうそのころから、日本人の動向を調べていたのかもしれません。

通州での生活は、いろいろ珍しいことばかりでした。水を毎日買うこと、その水が硬水で石けんが溶けなかったこと、暑さがとても激しかったこと、朝四時ごろになると、つばめの子が、賑やかにえさをもとめて鳴いたり、すずめが遊びに来て、ちっとも人みしりをせず逃げ出さなかったこと、また自分らだけで買いものに行っても、ことばのまずさもあって、なかなか用たしができず、うまくかけひきに乗せられたこと、石井さんの奥さんがヤンチョ（人力車）で、冀東政府までお昼のお弁当を届けにいらっしゃって、ご主人とふたり仲良く昼食をなさるのが評判だったこと、ご主人はカレーを作るのがお得意で、前の日の夕方、ご自分で作って、翌日それをお弁当に持ってくるようにと、奥様に言っておられたことも幾たびかありましたこと、などなど、なつかしい思い出でございます。

このように、私らの生活はまことに平和で明るく、楽しく、前途に希望と光明をもって毎日を幸福に過ごしていたのでございます。それが僅か一ヵ月で、急転直下、奈落のどん底に突き落とされ、私の生涯が大きく歪められてしまうとは、神ならぬ身の知るよしもなかったのでございます。

二　七月二十八日のできごと

さて、そうこうするうちに、七月の二十六、七日ごろから、通州の城外になんとなく不穏な空気が漂っているような感じがしてきました。そして二十八日には、満鉄から派遣されて通州棉作試験場の場長をされていた岩崎さんが、場員の尾山、小川、今井さん方をお連れになって公館へ越してこられました。最初事務所のほうへ行かれて、「どうも様子がおかしい。試験場は物騒でならないから、しばらく避難させてほしい」とお頼みになり、安田さんがそれを心よく承諾されたので避難してこられたとのことで、とりあえず応接室にはいっていただくことになりました。ちなみに岩崎さんと尾山さんは、おふたりとも奥さんは大連へ帰しておられ、あとのおふたりはまだ独身でした。

それで公館は、安田秀一、石井享、浜口良二、岩崎、尾山、小川、今井の男七人と、安田正子、石井シゲ子、私と義妹文子の女四人、合せて十一人になりました。同僚の藤原哲円さんと、李永春さんご夫婦は、それぞれ別のところに住んでおられました。なお、主人良二は二十八日の夜、連絡宿直のため冀東政府へ出かけましたので、事件の当夜公館にいたのは十人でございました。

主人が連絡宿直に出かけましたのは、二十七日から、城外にいる二十九路軍の動静が、なんとなく不穏に思われたので、安田公館と冀東政府との連絡を緊密にするため二十八日の夜から、連絡宿直員を出すことになったからでした。この宿直は、くじ引きの結果、安田さんに一番くじがあたったのでありますが、安田さんは、臨月でお産間近の奥さんを二十九日に天津の病院へお連れになることになっておりましたので、主人良二が代わってあげ、夕食後政府へ出かけて行ったのでございます。

話のついでに、こんなこともあったことをつけ加えておきたいと思います。というのは、公館には電話がぜひ必要なものですから、早くから申し込んであったのですが、故意かそれとも申し込みがつかえていたのかわかりませんが、約束の日がきても、いっこうにつけてくれず、それで二十八日にはきっとつけるということになっておりましたが、それもとうとうつきませんでした。後日になって、いろいろ考え合わせてみますと、保安隊の反乱計画は、早くからある一部の者にはわかっていたものらしく、殷汝耕《いんじょこう》長官なんかは、当夜北京へ逃避していたことからみても、電話はわざとつけてくれなかったのだと思います。しかし、それに気がついたときは、あとの祭りでした。

二十八日の晩は暑くてなかなか寝つかれず、輾転《てんてん》しました。やっと十一時ごろになって眠りにつき、一ときはぐっすり熟睡したようでしたが、ふと目がさめましたので、なにげなく手洗いに行きました。そしたらなんともたとえようのない、いやな悪感に襲われて急に主人のことが気になり、胸さわぎがして居ても立ってもいられない思いがしました。ふっと時計を見ますと、一時十分でした。あとになって思ったのですが、ちょうどこの刻限こそ、主人が政府の応接室で、弾丸に当って倒れた時に違いありません。よく世間では、遠く離れている身近のものが、いまわのきわに、夢まくらに立つというようなことを申しますが、これは本当でございまして、私は身をもって体験したのでございます。

三　長恨、無念の七月二十九日

それから私は、どうか主人にまちがいのないようにと祈りながら床に就きまして、いつとはなしにうとうとまどろみましたが、すでにそのとき、いわゆる通州事件は起こっていて、反乱保安隊の凶手は、至る所で容赦なく邦人に加えられていたのでございます。

夏の夜は明けやすく、東の空が白みかかった四時近いころだったと思いますが、通りのほうでピストルの音がして、あたりがざわめいてまいりました。

安田さんはとっくにそれに気づかれていたらしく、こっそりやってこられて、「奥さん、様子がおかしいから文子さんといっしょに応接室へきてください」と、たいへん不安な面持ちで、しのび声で言われましたので、私はすぐに文子を連れて、公館の応接室へまいりました。そこにはすでに皆さん全部そろっておられて、顔は青ざめ、緊張しておられました。私もなんだか武者ぶるいのようなものを覚えました。

こうして全員十名集まりましたが、持ち合わせた護身用のピストルは、みんなで三ちょうしかありませんでした。そのうちの一ちょうはブローニング三号で、主人が残していってくれたものでした。しかし安田さんは、こちらさえおとなしくしていれば、まさか乱暴はしないだろうから、この際われわれは無抵抗主義で行こうではないかと提案されました。そしてみんなこれに同意しました。

そのうちに、家をめがけて小銃を撃っているような気配がし、間もなく門扉をどんどんたいて、カイメン、カイメン（開門、開門）と、どなる声が聞こえてきました。その間ひっきりなしに、弾丸がびゅるるん、びゅるるんと、不気味な音を立てて飛んできました。

そこで老ボーイに模様を見に行かせました。ボーイはなにやらぼそぼそ話し合っておりましたが、あわてて戻ってきて、「門を早くあけろ。あけなきゃ火をつけて焼いてしまうぞ。お前とアマ（私かたの女中）は、早く逃げろと言っておりますから、私たちはこれでお暇をいただきます」というものですから、いたしかたがあるまいと、ふたりを逃がしてやり、私らは室内にはいって、防御態勢をとりました。そのときは、もうすっかり夜が明けておりました。

そうしている間も弾丸は絶えず撃ちこまれて、煉瓦の壁にあたってはね返ってきますので、そのたびごとに肝を冷やしました。そこで私と安田さんの奥さんは応接室の奥の狭いへやにはいりました。そして毛布を敷いて、私は板壁を背にしてすわりました。六時か六時半ごろだったかと思います。

安田公館見取図

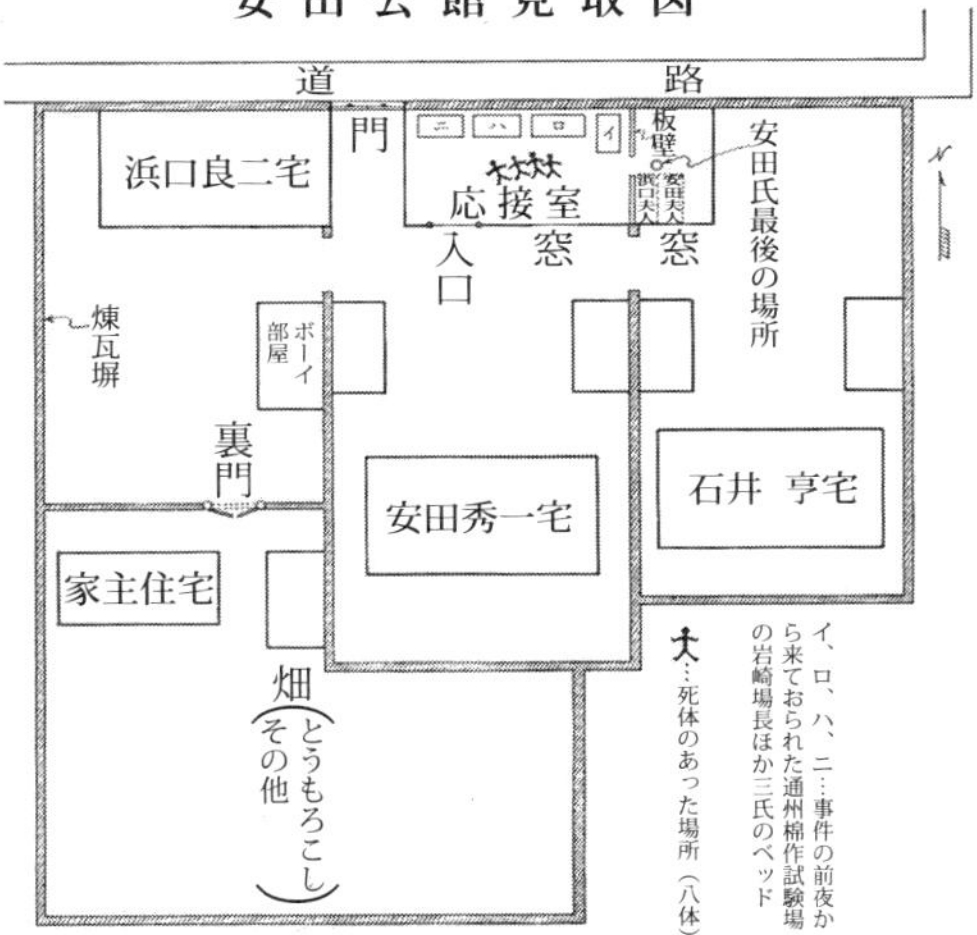

『通州事件の回顧』（無戮會刊）より

男のかたは、応接室の入口近くのところにおられましたが、反乱兵どもがどやどやと屋敷内になだれこんできて、めったやたらに小銃を撃ちまくりますので、なんとも防ぎようがなく、つぎつぎに弾丸を浴びて、倒れてゆかれました。それを目前にした私は、こわい、おそろしいを通り越して、せめても一矢をむくいたく、歯ぎしりする思いがしました。そのとき男のどなたかがピストルで応戦なさったような気もしますが、はっきりとは覚えておりません。なんといっても武器といえばわずか三ちょうのピストル、そこへ大ぜいの反乱兵が小銃を撃ちまくりながら乱入してきたのですから、どうしようもなく、つぎつぎにやられてしまったのです。

そのとき私ら女たちは、毛布やふとんをかぶって息を殺して伏せていたのですが、安田さんの奥さんが、ちょっと起きあがろうとされたとたんに、たまが飛んできて左下腹にあたり、どっとその場に倒れられましたので、ご主人がとんでこられて、「しっかりするんだ」と励まして、奥さんと私の手をしっかり握ってくださいました。そのとたんに、こんどはご主人のこめかみに弾丸が命中して、あっという間もなく、私らの手をもったまま悲壮な最期をとげられたのでございます。たまがあたった瞬間、ご主人の頭からものすごく血が吹き出し、私らふたりは、その血を浴びて、顔も頭もぬるぬるになり、なんともいえない気持ちがしました。握っておられた手の力は、すぐに抜けたのでしょうが、私が気のついたときには、まだ握ったままでした。安田さんの奥さんは失神して、べったりと伏し倒れておしまいになりました。

また石井さんの奥さんも、なん発かの弾丸をうけて、そばでうめいておられました。とりわけあわれだったのは文子で、松田常務さんからいただいて、大切にしていたハンドバッグを投げつけて、精いっぱい抵抗したようですが、これも数発の弾丸をうけて倒れ、「おかあさん、痛いよう」という、かすかな声を最後に、息をひきとったようで、私は胸をしめつけられる思いがいたしました。

そうしている間にも、がちゃがちゃと弾丸をこめる音が聞こえるので、私もいつたまがあたるかと、全く生きた心地はなく、身を伏せておりましたところ、突然背なかにこん棒をねじこまれたような衝撃をうけ。そのとたんに腹の中から、なにかぐうっとこみあげてきましたからはき出しますと、おびただしい血へどでした。そして私もふうっとなって、その場に倒れてしまったのです。そのあと、おかしことに、うつらうつらの夢うつつで、そのうちに事がおさまって、皆さんと「こわかったねえ」と話し合えるような気がしていたのでございます。

こうして私にたまがあたったのを最後に、小銃の昔が聞こえなくなりましたが、そのうちに意識がもどりました。そうして反乱兵どもがなんだかわいわいしゃべりながら、私たちから時計や指輪や、さては眼鏡まで手荒くもぎとったり、私や安田さんの奥さんの腹を靴で蹴りながら、どちらも身ごもっているんだなといった意味のことを言い、青竜刀で肩のあたりをおさえて、スーラ、スーラ（死んだ、死んだ）など言ったのが聞こえ、そのにくたらしさに腹のなかが煮えくり返る思いでした。そのとき私はそおっとうす目をあげて、青竜刀の形や厚さをみたのですか、いまわのきわだというのに、私にこのような妙なところのあったのを自分でもあきれた次第でございます。

反乱兵どもは、みんな死んだと思ったらしく、男のかたたちの死体を、応接室の中央へ引きずっていって並べました。私らのそばに伏し倒れておられた安田さんの死体も、片手を引張って行って皆さんと並べ、イー、アル、サン、……（一、二、三、……）と数えておりました。そうしてさんざん荒らしまくって引き揚げて行きました。

なお、そのときの私の格好といったら、髪はざんばら、それに血のりがべったり、顔はまっさお、口からは血がたらたら、まるで四谷怪談のお岩の亡霊そっくりだったようで、後日安田さんの奥さんが、「あなただと思うからこそいっしょにおられたけれども、知らない人でしたらとてもそばにはおられませんよ」とおっしゃったほど、化けものそこのけの姿であったようです。

そうしているうちに安田さんの奥さんも意識を回復されたのですが、どこかから見はられているような気がしますので、声も出せず、身動きもできず、ただお互いに顔を見合わすばかりでした。

それから、なん時ごろでしたか、石井シゲ子さんからも文子からも、ガスがぶうぶう出ておりました。それで、もうふたりとも絶命しているんだなあと思いました。

男のかたたちの傷の模様はわかりませんが、安田さんの奥さんの傷は左下腹部から左ふともへ抜けた貫通銃創で、おなかがもう産み月でぱんぱんでしたが、皮と肉の間を弾丸がとおって、ふとももを斜めにぬけておりました。そのため胎児はたまに当たらず、あとで美智子ちゃんが無事に生まれたのでございます。

私は右背部盲管銃創で、右肺に小粒の破片がはいりました。右脇下にたまった破片は、九月六日に天津でとり出していただきました。石井夫人は頭の傷が致命傷だったらしく、弾丸の跡は二、三ヵ所のようでした。文字は、体じゅうに弾丸のあとが七、八ヵ所もあり、痛みに耐えかねてあの言葉が出たのでしょう。ほんとうにかわいそうでなりません。

それから、お昼も過ぎたころでしたでしょうか、石井亨さんと小川さんは、息を吹き返されたようで、小川さんは幾たびとなく、うわごとのようなことを、繰り返しておられました。言葉ははっきりわかりませんでしたが、ローマ、スイ、ケイとか、チャースイ、ナーライというように聞こえました。女中さんに、水をくれ、お茶をもってこいと、かわきをいやす水やお茶をせがんでおられたのに違いありません。のどが焼けつくように、からからになっておられたいまわのきわに、一滴の水もさしあげられず、ほんとうにおいたわしいことでした。

数日後、奉天から古田太三郎さんと、私のいとこの石田陸太さんが通州にまいりまして公館を弔いましたときに、はからずも、石井亨さんが息を引きとられた応接室に落ちていた血染めの手帳を見つけられたのでありますが、その手帳に乱れた筆跡で、「午前六時三十分しゅうげきさる」「パパママ正金に預金あり」「にぎやかに行くや三途の河原かな」と、遺書と辞世が書き残されていたそうでございます。おそらく石井さんは、臨終直前に最後の力をふりしぼって書きつけ、辞世の句を書き終わると同時に息が絶えたのだろうと思います。遺書の文句や文字はそのとおりであったかどうか、はっきりとは覚えていませんが、辞世の句だけはこうだったと思います。ちなみにその手帳は石井家に手渡されたと聞いております。石井家では終戦後、辞世の句を松田会長さんに書いていただいて、それを碑に刻んで東京のどこかに建てられたように聞いております。

こういう立派な最期をとげられた石井さんのすぐそばにおりながら、なんの介抱もできず、末期の水もさし上げられなかったことは、終生の心残りでございます。せめても句碑の所在地を訪れ、香華をお供えして、ご冥福をお祈りしたいものでございます。

さてその日はとうとうその場で一日暮らしましたが、もちろんその間全然飲まず食わずで、生きたここちはありませんでした。しかし、そのまま死んでしまうような気もしませんでした。

こうして夜になりましたが、腹はへる、のどはかわく、もうどうにもがまんができなくなりましたので、高さ一メートルぐらいもある窓を乗り越えて、飲みものと食べものをさがしに出ました。いま考えても、安田さんは臨月、私は六ヶ月という大きなおなかのふたりが、けがもせずによくも窓から出たりはいったりできたものと、不思議でもあり、あきれてもいるのでございます。

まず一番近い石井さんの住居へ行ってみましたが、なんにもないので、ボーイのへやに行き、ようやくやかんに残っていた湯ざましと、なんでしたか忘れましたが、少々残っていた食べものをさがしあてました。そうしてそれをもってまた窓からはいって、死体のそばで一夜過ごしたのでありますが、ちっともこわくもなければ、また気持ちが悪いという感じも起こりませんでした。

食べものをさがして戻ってきたとき、安田さんは包丁を二ちょう持ってこられて、これで私らも死のうと言われました。しかし私はとてもこわくて死ぬ勇気もなく、また心の底ではこのありさまをだれかに伝えなくてはいけないという気持ちも動いて、安田さんを必死で、死んではいけないと引きとめました。それで、安田さんもやっと思いとどまってくださいました。

四　死線をこえた七月三十日

朝からどしゃぶりの大雨でした。これが世に言う涙雨でしょうか。しかし、時々家のまわりでピストルの鈍い響きが聞こえたり天井でなんだかごそごそと人の気配がするような気がしたりして、なんともいえない不気味な思いがいたしました。

お昼ごろになって大八車の音がしましたので、どうしたのかと思いましたら、中国人が二、三人やってきて、私や安田さんの家から、いろんなもの運び出すのです。それが目と鼻のさきで行なわれるのですから、ほんとうに悔しくてたまりませんでした。とりわけ、生まれてくる子供のために用意したものを持って行かれるのが情けなく、残念でなりませんでした。でも命にはかえられないとあきらめて、歯をくいしばってがまんしたのでございます。

そうこうするうちに夕方になりました。そうしたら、しのびやかな、低い声で、「アンテンタイタイ、アンテンタイタイ」(安田の奥さん、安田の奥さん)と安田さんの奥さんを呼ぶ声が聞こえてきました。それでそちらのほうをそうっとみますと、家主のおじさんが中門の上からこちらをのぞいているので、どきっとしました。家主は私らのところへおりてきて、「あなたたちのおなかがゆらゆらしているから、生きていることがわかった。さあ、食べものをつくってあげるから、こちらへきなさい」といって、屋敷の奥の方にある家主の家へ連れて行き、おかゆをつくってくれました。それでやっと一息つくことができました。

このように、家主が急に好意的になったのは、家主に日本軍の救援隊がやってくることがわかったからですが、私らがそのことを知ったのはあとからで、そのときにはわかりませんでした。それはともかく、そのとき救ってもらったことは、ほんとにありがたく、またうれしいことでありました。

五　救い出された七月三十一日

三十一日も雨でした。家主のおじさんは、おいしいマントウ（まんじゅう）をつくってくれたり、いろいろと親切に世話をしてくれました。そしてそのたびに「あなたがたと私はポンユウ（朋友）なのだから、日本の兵隊がきたらそういってくれ」とせがむので、家主の本心が読みとれました。はいている靴は安田さんのもの、着ているシャツは主人のもの、それを知りぬいている私らの前で、しゃあしゃあとそういうのですから、私ら日本人とは考え方も感覚もちがったものをもっていると思わざるを得ませんでした。

十時ごろ門の方で、わいわいか、おいおいか、はっきりしませんが、男たちがきて呼んでいるよう思われましたので、びくびくしていた私らは、雨のしょぼしょぼ降るなかを急いで屋敷の中にあったとうもろこし畑のなかへ隠れました。

家主は、門のところへ行って、その男たちとしばらくなにかぼそぼそと押し問答をしているようでしたが、やがて、私らのいるところへ戻ってきて、「日本の兵隊がきた」というではありませんか。それで、私らのことを話してくれたかと聞きましたら、かぶりを振って、

「話さなかった」というのです。私らは、むかむかっと腹が立ち、「どうして私らのことをいわなかったのか」と詰問しますと、「もう一度はっきりポンユウだということを約束してくれ」というのです。全くあきれてしまったのですが、ここが勘忍のしどころと腹の虫をおさえて、「絶対大丈夫、まちがいなくそういう」と約束をしてやり、兵隊さんがこられるのを、首を長くして待っておりました。なん時間かたって、また男たちがやってきました。このときも、最初もし反乱兵だったらどうしようという不安が頭をかすめたのですが、思いきって飛び出して行きましたら、待ちに待った日本の兵隊さんでした。ふたりは地獄で仏の思いで兵隊さんにしがみつき、うれしさに泣きむせびました。

兵隊さんたちは、来た理由を、「藤原さんから、ここには十人おったと聞いたのに、死体が八つしかなかったので、残りのふたりはどこかに隠れているかもしれないということで、もう一度さがしにきたんです」と話してくださいました。

お恥かしいことですが、こんなこともありました。それは三十日でしたか、三十一日でしたかはっきりしませんが、お昼ごろでした。日本の飛行機が超低空で二回飛んできましたので、私たちの生きていることを、なんとかして知らせたいと思い、とっさの思いつきで、腰巻きをはずして、力のかぎり振りまわしました。このときはもう必死でしたから、見えも外聞もありませんでした。二回目のときには、飛行機からもたしかに手を振ったような気がしまして、日本軍が救援に来てくれるに違いないと、やっとかすかながら期待がもてたのでした。

こうして、私らは通州城内にあった日本軍の独立守備隊へ助け出されて行きましたが、ほっとすると同時に、急に主人のことがやたらに気になり出しました。そして、なんとか生き残っていてくれるようにと祈りながら、守備隊に収容されている人たちの顔をひとりひとりたしかめてみました。しかし見あたりませんでした。

ここにいないとすれは、殺されたものと覚悟せねばならぬと、自分にいい聞かせはしたものの、ひょっとしたらという未練も出て、いたたまれない思いでありました。

そのうちに、藤原さんが死体捜査から帰ってこられました。事件が起こってから三日目にお目にかかったのですが、先立つものは涙ばかりで、しばらくはお顔をみつめるばかりで、ものもいえなかったのでございます。藤原さんは、お宅からふとんをもってくるなどして、いろいろお世話してくださいました。そして「これからご主人をさがしてきますから」といって出て行かれました。

落ちつかないなん時間かがたって、藤原さんがお帰りになりました。そして、「奥さん、お気の毒ですが、どうか気を落とさないように」と慰めの言葉をかけながら、紙に包んだ遺髪をさし出されました。

藤原さんの話によると、主人は政府の応接室に下むきになって倒れていたそうで、みけんにたまがあたっており、これが致命傷だったとのことでありました。

かねて覚悟はできていたはずですが、もうこの世では二度と主人とあえなくなり、こうして遺髪を前にしては、なんといってもかよわい女、しかも手傷を受けている身重なからだのこととて、あふれる涙をとめるすべもなく、私は声を忍んで、思いっきり泣いたのでございます。しかし、とり乱してもの笑いになるようなことはいたしませんでした。藤原さんに、ご苦労さまでしたと、頭をさげてお礼を申しあげ、遺髪を棚の上の安田さんの遺髪にならべて置いてもらってから、お線香とお光りをあげておがみました。

それから軍医さんに、私の背なかの傷と、安田さんのおなかの傷を消毒してもらったのですが、ふたりともあの暑い最中に三日も放りっぱなしにしておいた傷が化膿しなかったことは、ほんとうに幸いでした。しかし熱はかなり高かったらしく、汗は少しも出ないで、ぞうぞうと悪感がし、気分が重くて不快でした。

安田さんは、もういつ出産されるかわからぬほどさし迫っておりましたので、軍医さんもその処置にお困りのようにみうけしました。当のご本人にしてみれば、気が気であるまいとお察しはするのですが、なんのお世話もできないままに、私はただはらはら、いらいらするばかりでございました。

六　守備隊生活三日間

守備隊へ救い出されてからは、藤原さんは私らのために、たいへん気をつかって、いろいろと世話をしてくださいました。

しかしなんといっても、そのときの守備隊は人手が足らず、大忙がしのてんてこ舞いでありましたため、傷をうけ、妊娠している私らとしては、とても不自由な思いをいたしました。

守備隊でお世話になった三日間には、いろんなことが起こり、またさまざまな話を聞きましたが、どれもこれも血なまぐさく、どきっとすることばかりでした。たとえば冀東銀行の支店長が針金を両方の手のひらに通されて、市中を引っ振りまわされたとか、領事館警察の警察官の奥さんの前で、いとし子が石をぶっつけられて惨殺されたとか、むごたらしい話を、いくつもいくつも聞かされて、気持ちが沈むばかりでした。

七　飛行機で天津へ

それは八月の一日であったか二日だったのか、そこのところは記憶がぼやけているのですが、その朝になって急に、飛行機で安田さんの奥さんを天津へ送るという連絡がありました。安田さんは自分だけ先に行くのは心苦しいといわれましたし、私もあとに残されることを大変心細く思いましたが、飛行機にはもう一人重傷兵を乗せて行くので、座席の余裕がなく、また安田さんのお産が間近に迫っておりますので、やむを得ず先発されることになって、飛行場へ行かれました。

安田さんが出かけられたそのあとへ、思いがけなく、ひょっこりと吉田新七郎先生が姿をお見せになりましたので、夢かとばかりびっくり仰天いたしました。「盲亀浮木にめぐりあう」とは、まさにこうしたことをいうのでしょう。私はただ一言、「まあ」といったきり、あとは悲しみとうれしさで胸がいっぱいになり、先生をみつめるばかりでございました。

吉田先生は、私らの安否を気づかって、満鉄のモス機でお越しくださったそうで、飛行場で安田さんとお会いになり、天津へ着いたらすぐフランス租界の東亜病院へ入院するよう手配してくださったとのことでした。そして、私は、あす迎えにこさせるから、もう一日だけしんぼうしてくれと励まされ、慰められましたので、私もやっと気が楽になり、落ちつきました。

それから先生は、藤原さんや私から事件当日の模様をくわしくお聞きになり、乗ってこられたモス機が天津へ安田さんらを送り届け、ピストン飛行で引き返してきますと、それでおたちになりました。そうして、その翌日、私も飛行機で天津へ運んでもらい、東亜病院へ入院させていただきました。

八　天津での療養生活

東亜病院に入院してからは、ほんとにもったいない日々でありました。皆さんからそれはそれは手厚い看護をうけたのでございます。院長先生ご夫妻は、一日も欠かさず病室をお見舞いくださいますし、吉田先生は目のまわるようなお忙しいなかを、連日必ずお見舞いにお越しくださり、かゆいところへ手の届くようなお心尽くしは、身にしみてありがたいかぎりでございました。

その後私は内地に引き揚げてから、いろいろと苦労の数々をなめてきましたが、主人の忘れ形見、満智子を育てあげ、今日までこうして生きのびてこられたのも、吉田先生のおかげでありまして、このご恩を忘れてはならないと、かたく肝に銘じているのでございます。

さて、安田さんは、天津にお着きになって間もなく女の赤ちゃんをお生みになり、傷のほうも貫通銃創でしたから、案外早くよくなられました。もしご主人がご存命でしたら、どんなにか喜びになったことであろうにと、胸をしめつけられる思いがいたしました。

一方、私のほうは、安田さんとは反対に、さんざんでした。と申しますのは、入院しましたときは、せきがひっきりなしに出る上に、血痰が出どおしで、一日にちりがみを一締めから三締めもつかい、食欲が少しもなく、朝晩吸入をするやら、それ内服薬、それ注射というふうに、いろいろの手を尽していただいたのでございます。四、五日目ごろから少しずつせきがおさまり、血痰も多少は減ってきましたが、依然食欲は起こらず、皆さんからしかられしかられして、ようやく少しずつ牛乳やうどんをむりに押しこむありさまでしたので、体力は衰えるばかりでした。右背部の弾丸の傷もはかばかしくなく、右手が上にあがらないので、顔を洗うにも髪を整えるにも左の手しか使えず、たいへん不自由でした。そのためでしょうか、頭髪にこびりついていた安田さんのご主人の血がなかなか落ちず、九月になっても、まだすっきりしませんでした。

しかし傷はだいぶんいえてきましたので、九月六日に右脇の下を切開していただきました。そうしたらなんと弾丸の破片が九つも出てきたのです。このほか肺の中にも幾つかの破片が残っておりましたが、それはそのまま放っておいても生命には別状ないということで、摘出されませんでしたので、三十年を経たいまでも、レントゲンにはそれがはっきり写ります。ですから、はじめてのお医者さんは、写真をみてびっくりされ、そのいわれを聞いて二度びっくりなさるのでございます。

入院当初は、安田さんの奥さんといっしょに帰国する予定でおりましたが、私の傷がはかばかしくないのと、お産もだいぶん先になりますので、安田さんは、お義兄さんが迎えにお越しになったのを幸いに、先発してお帰りになることになりました。ともども死線を越えたこととて、なごりは尽きませんでしたが、大沽《タークー》から乗船して郷里、岐阜へお帰りになりました。

その後安田さんは、なにか事情がおありになったらしく、安田家を去られましたが、良縁あって再婚なさり、幸福にお過ごしになっているとお聞きしております。一度お目にかかりたい気持ちは山々ですが、もしもお訪ねして、昔の古傷にさわる思いをさせるようなことがあってはいけないと、ご遠慮申しあげております。しかし、あのときの赤ちゃんの美智子さんは私の満智子と二ヶ月ちがいの同年のこととて、今ではさぞかしよいママさんになっておられることと思います。美智子さんには機会があったらお会いして、ああだった、こうだったと、あのときの昔話をお聞かせしたいものでございます。

九　郷里へ帰って女児出産

切開手術の経過は、案外良好でしたから、九月二十日であったかと思いますが、大沽を出発して、郷里の宇治山田市（いまの伊勢市）に帰りまして、約一ヵ月後の十月二十七日に日赤病院で満智子を生みました。

思いますと、満智子は事件当日反乱兵に靴で蹴られた胎児でしたが、幸いそのとがめもなく無事に産まれました。これは、なくなった主人が、あの世から庇護してくれた賜と、いまでも母子ともども感謝している次第でございます。

一〇 む す び

以上が、私の生涯に無残な爪跡を残した通州事件遭難の思い出でございます。

このごろ私は、私ほど命みょうがな女は、そうざらにはあるまいとつくづく思うのでございます。片足あげて、まさに冥土に踏みこもうとしたとたんに、これが運命というものでしょうか、残っていた片足を中心にぐるりと回れ右して、あげていたほうの片足がまたこの世の土を踏んだというのが、あの時の私だったのでございます。

それからの私は、先にも述べましたように、人さまにお話もできないような、いろんな苦労をつぶさになめてきましたが、気の弱いかたなら、とっくにまいっておられたことと思います。

あのときうけた古傷は、いまでも時々いたんで、記憶を呼び起こさせますし、またいまなお私の肺には、たまのかけらが幾つか残っていて、レントゲン写真をみるたびに、あのときの苦しみがよみがえってくるのでございます。

しかもその後乳ガンにかかって、二回も手術をうけました私のからだは、もうがたがたで、つくろいもなにもきかない状態になっており、ほとんどお医者さんの手を離すことのできないような、まことにあわれなありさまでございますが、こうしたことと、命というものは、別のものとみえまして、いまだに生きながらえておりますが、これはあの世から、孫をみるまでは、どんなことがあっても生きのびよと、夫が突っかい棒になってくれているからではないかと思ってこうしてがん張っている次第でございます。そしてまたこれが私の宿命と観じて、なにくそ、病気に負けてたまるものかと、無戮会精神を、発揮しているつもりでございます。

こんど松田会長さんのお勧めによって、拙筆もかえりみず、喜んで承知しましたのも、この思い出を書くうちに、もう一度あのころを思い出して、不撓不屈の精神をよみがえらせたいという一念からでございます。

しかしなんと申しましても、三十年という長い歳月を経ておりますし、あのときは気持ちも転倒惑乱していたのでありますから、思いちがいをしていることもあるかもしれません。

私としては、ただ一途に、ああであった、こうであったと思案しながら、記憶の糸をたぐって書きとめた次第でございます。筆を運ぶにつれて、つぎつぎと記憶がよみがえり、あの日の光景が走馬灯のように頭に浮かんできて、感慨無量でございます。

ここに、なくなられた安田秀一さんら九人のかたがたのご冥福を心からお祈りして、筆をおきます。

◇　◇　◇

この「通州事件遭難記」は序文「加納満智子さんとの出会い」で書いたように、通州事件で中国兵に襲われ、お腹の中の子供とともに九死に一生を得た浜口茂子さんが亡くなる半年ほど前、無戳會『通州事件の回想』に書かれた手記を、加納さんの了承を得て再録したものである。「むすび」で浜口さんご自身が書いておられるとおり、事件後三十年以上経って書かれたもので、多少の記憶違いはあるかもしれない。

しかしお読みになって分かる通り、当時の「不撓不屈の精神をよみがえらせたいという一念」から書いたというその中身は、どんな緻密な資料よりも説得力をもって胸に迫る。このため、一部の漢字にルビをふるなどしたほかは、原文をまったくそのままに再録させていただいた。

なお浜口さんに手記の執筆を勧めた「松田さん」とは、満洲棉花協会の事件当時の常務理事で後に同協会ＯＢでつくる無戮會の会長をつとめた松田省三氏、「藤原さん」は浜口良二氏の同協会の同僚で、事件に遭いながら生き延び、茂子さんらの救出に奔走した藤原円哲氏のことである。

同協会関係者と事件の全体像については第三部「満洲棉花協会と通州事件」で詳述したい。

（編集部）

第三部　満洲棉花協会と通州事件

皿木喜久

第一部でインタビューに応じていただいた加納満智子さんが大事に持っておられる一枚の写真がある。大きな寺院の前で六十人近い人が収まっている記念写真である。

加納さんの記憶によると、昭和四十四年ごろ、通州事件で五人の犠牲者と二人の重傷者、さらに二人の遺児を残すことになった旧満洲棉花協会のOBと、その家族らが神戸でとり行った五人の三十三回忌のときのものである。

前列中央には満洲棉花協会の元常務理事で、同協会OBらでつくる無斁會（むえきかい）の初代会長、松田省三氏、その隣には加納さんが写っている。また一時期、満洲棉花協会に勤務していた作家、草川俊氏らの姿も見える。草川氏はこのときの渡満経験などをもとに、『黄色い運河』など大陸を舞台にした数々の作品を残し、直木賞候補となったこともある。

ただ、加納さんの母親で夫や義妹をなくし、自らも妊娠六カ月で重傷を負いながら助かり、無事満智子さんを生んだ浜口茂子さんはその前年、がんで亡くなっており、姿はない。

また茂子さんと同じく身重で事件に遭遇、奇跡的に助かった安田正子さん母子は当時、消息がわからなくなっていた。さらに同じ棉花協会の技師として亡くなった石井亨氏夫妻の遺族、関係者の居所もこの時点では不明で、やはり写真には写っていない。

それでもこれだけのOB，関係者が三十年以上後の法要に参列したということは、通州事件が満洲棉花協会の人たちの心に、いかに重くのしかかっていたかを示している。

◆棉花増産をめざした協会

旧満洲の奉天（現中国・瀋陽）に満洲棉花協会が設立されたいきさつは、詳しくはわからない。今、日本の綿花業を管轄している経済産業省に問い合わせても記録は全く残っていないらしい。ただ日本綿花協会という団体が昭和四十年代に出版した『戦前の中国および満洲の綿花』という本に、満鉄経済調査会が昭和七（一九三二）年十一月に出した「棉花の改良増殖計画案（改訂）—満洲農業対策案の内」という「提言」が出てくる。

「提言」はまず、日本にとって棉工業が極めて工業の中枢を占めているにもかかわらず、原料の棉花の九五%を輸入に頼っていること、立国したばかりの満洲国でも国内需要すら満たしていないという現状を指摘する。そのうえで、満洲での棉花栽培奨励、生産増は日満経済提携や国防上極めて大きな意味を持つと指摘する。

このため、品種改良や栽培可能地域の拡大による大幅生産増をはかるため「満洲棉花栽培協会」の設立を求めている。栽培事業そのものは「満洲国政府が統制する」としながらも、日満協調の趣旨にのっとって、満鉄を含めた日本側機関もこれに参画し、技術的、財政的に協力すべきだとしている。恐らくはこれを受けて、満洲棉花協会がスタートしたのだろう。

提言がなされた昭和七年といえば、前年の満洲事変を受けて満洲国が建国された年である。この満洲国が日本の「傀儡」と言えるかどうかの議論はともかく、日本人がいわば「他国」である満洲国の国づくりに異常なばかりの情熱をつぎこんだことは事実である。

福田和也氏は『悪と徳と　岸信介と未完の日本』（産経新聞出版）の中で、次のように書く。

「満州を建設するという過程で、日本人はかつて味わうことのなかった大きな可能性の、開かれた未来の、前に立つことができた」

その中心になったのは、関東軍と満鉄（南満州鉄道）だった。中でも満鉄は満洲国の経済発展のための企画立案を一手に引き受けた感があった。立国の少し前の昭和七年一月には、関東軍の要請を受けた形で、理事の十河信二（戦後、新幹線を走らせた国鉄総裁）を委員長とする満鉄経済調査会を設立する。経済調査会は「経済一般」「産業」など五部門（後に六部門）に分かれ、精力的に立案・提言にあたった。

小林英夫氏の『満鉄調査部』（平凡社新書）によれば、経済調査会が昭和十一年九月までの間に作成した立案書類だけで三百六十八件に上るといい、「棉花の改良増殖計画案」もそのひとつだったと考えられる。

◆中国農民たちに感謝された棉作指導

その満洲棉花協会のメンバーが通州事件に遭遇するまでの事情は、序文でも紹介した無數會編集の私家本『通州事件の回顧』に詳しい。

その中の松田省三の「序」によれば、棉花協会は事件の一年ほど前の昭和十一（一九三六）年早春、冀東防共自治政府から、通州とその周辺地区での棉花増殖のための指導員を派遣するよう要請を受ける。

冀東防共自治政府（冀東政府）は前述のように、昭和八年の塘沽《タンクー》停戦協定（注1）で満洲事変が最終決着した後、日本と中国との「緩衝（中立）地帯」として設けられた「政府」で、その政庁は北京の東約二十キロの通州に置かれた。交易で古くから栄えた城郭都市であり、高い煉瓦塀で囲まれた「城内」に市街地ができ、「城外」では農業などが営まれていた。

その冀東政府の実業庁は地場産業としての棉作強化をはかっており、通州に植棉指導所を設け、その指導を満洲棉花協会に求めたのである。

棉花協会はこれを受けて、安田秀一を主任に、藤原哲円、李永春の三人の職員を通州に派遣する。安田主任らは満鉄から派遣されていた北寧鉄路局通州棉作試験場の岩崎元治場長らと合流、さっそく通州城外の小街村に優良種子増殖のための採圃場を作り、現地農民らの指導にあたった。

その結果、この年は冀東（河北省東部）一帯が旱魃に見舞われ、他地区の棉花がことごとく不作だったにもかかわらず、小街村だけは平年作を大きく上回ることになった。これにより、安田らは一気に中国人農民らから大きな信頼を勝ち取ったのである。

このため翌十二年には冀東政府内の他の地域からも、満洲棉花協会に指導を求める声が相次いだ。協会はこれに応えて技術職の石井亨、事務職の浜口良二、さらに浜口の妹でタイピストの浜口文子を第二陣として、通州に追派遣した。事件が起きるちょうど一カ月前の六月末のことだった。

◆「盧溝橋」以降も平和だった城内

だがこのころから、華北一帯は風雲急を告げてくる。

まず七月七日夜、北京の中心部から南西十数キロ、永定河《えいていが》という川にかかる盧溝橋付近で、訓練中の日本の支那駐屯歩兵第一連隊第三大隊に属する第八中隊と、中国の冀察（河北省とチャハル省）政務委員会（注2）麾下の第二十九軍第三営（大隊）とが銃撃しあう衝突が起きた。盧溝橋事件である。

断っておくが、日本軍は明治三十三（一九〇〇）年、義和団が北京の公使館など襲い、各国と清国とが交戦したいわゆる「義和団事件」後に清国との間で結んだ協定により、合法的に駐留していた。このときに日本とともに出兵、鎮圧にあたった西欧列強も同じく駐留、訓練を行っており、決して日本が一方的に侵略していたわけではなかった。

この衝突をめぐっては、どちらが「最初の一発」を撃ったのか、戦後も論争となっていたが、三十年ほど前、当の中国軍営長（大隊長）が発砲を認めるような手記を発表し、ほぼ決着をみた。第二十九軍の軍長、宋哲元が国民政府の蔣介石に日本との戦いを促すために戦闘を仕掛けたとも、やはり日本軍と蔣介石軍とを戦わせたかったコミンテルンの意向を受けた中国共産党員が、二十九軍にもぐりこみ、第一発を放ったともいわれる。

とはいえこの衝突は小規模に終わり、四日後には支那駐屯軍と冀察政務委員会との間で現地停戦協定が結ばれた。北京の東に隣接する通州でも事件勃発後は緊張が走ったが、すぐに平静を取り戻した。

冀東防共自治政府の創設者で同政府長官の殷汝耕は、妻が日本人という親日家だった。その殷が組織した警察部隊の保安隊は、中国兵といえども、日本人を含む通州市民を守る軍隊だと信じられていたからだ。

だが、二十五、二十六日になって、第二十九軍が停戦協定を破り日本側を攻撃するという廊坊事件（注3）、広安門事件（注4）が相次いで起きると、再び緊迫する。日本の支那駐屯軍は二十九軍に反撃し、二十八日までには北京、天津を制圧した。そのスキをついて保安隊が寝返るのである。

通州事件の数少ない「生き残り日本人」となる藤原哲円が『通州事件の回顧』の中の「通州事件回顧録」（以下「回顧録」）に書いているところによると、二十六日に通州に進駐してきた萱嶋高大佐（注5）の支那駐屯歩兵第二連隊が、城外南側にいる中国の二十九軍に撤退を求めたところ、二十九軍はこれを拒否したばかりか城内に向け発砲する。これにより、二十七日午前五時ごろから戦闘が始まった。通州市内では頭の上を銃弾が飛び交う。

◆ピーヒャララの進軍ラッパで起こされる

それでも同日中には、約千二百の第二連隊が二十九軍を北京方面に追い払ったらしく、いったん銃声もおさまり平穏を取り戻したかに見えた。ところが二十八日夜、藤原が市内の自宅で、訪ねてきていた植棉指導所の江隆所長（中国人）とぐっすり寝込んでいると、夜中にパンパンという銃声やバリバリという機銃音が聞こえて目を覚ます。

「耳をすましますと、ぴーひゃらら、ぴーひゃららと、例のチャルメラ式の支那軍の進軍ラッパの音が聞こえてきました。私はとっさに、これは保安隊が反乱したのに違いないと思いましたので…」（「回顧録」）という。日付は変わり、二十九日午前三時ごろのできごとだった。

冀東政府は盧溝橋事件の後、冀東地区に分散配置していた約六千の保安隊を急きょ通州城内に集め、警備を強化していたのだが、これが完全に裏目に出たのだった。これに対し日本側は、支那駐屯第二連隊が二十九軍を追って北上を続けており、城内にいたのは独立守備隊や警官ら約百二十人だけだった。それも軽武装の輜重部隊が中心で、いわば丸腰の状態になっていたところに、保安隊が寝返ったのである。

保安隊は張慶余隊長が率いる第一総隊が日本の守備隊を攻撃、張硯田隊長の第二総隊が外部との連絡切断と一応の軍事的役割を決めており、冀東政府の庁舎にも乱入、殷汝耕長官を「逮捕」した。冀東政府からみれば、完全なクーデターだった。

◆暴徒化する保安隊、中国人学生

これに対し守備隊は頑丈な建物にこもるなどして、必死の抵抗を続けたものの多勢に無勢で、三十二人が討ち死にした。だが、もっと酷いことには、日本軍から訓練を受けていたとはいえ、もともと冀東政府に忠誠心をほとんど持たない中国人からなる保安隊は、たちまち暴徒化していった。

これに中国人の学生兵、一般人も加わって日本人居留民の住宅や商店、それに日本人が宿泊している旅館などを次々と襲撃、殺戮、乱暴、略奪の限りを尽した。

当時通州には、約四百人の日本民間人（軍属も含む。うち半数は朝鮮半島出身者）が商業や農業に従事するため居留していたが、そのうち半数以上の約二百二十人が惨殺されたことが後に分かる。中でも若い女性たちは筆舌に尽くしがたい凌辱を受けて殺されていた。

事件は二十九日午後、通州に上がる黒煙を見て急を知った天津の支那駐屯軍が偵察機を飛ばしたうえ、低空飛行で保安隊に爆撃を加え、鎮圧に出る。日本軍の本格的反撃を恐れた保安隊は張慶余以下三々五々、城外から北京方面に向け退却を始めた。さらに第二連隊が北京方面からキビスを返して反転、三十日午後には再び通州に入城、完全鎮圧に成功する。

この間、満洲棉花協会の藤原は中国服をまとい、中国人になりすまして自宅に身を潜めていた。二十九日午前七時半ごろには血だらけの銃剣を持った五、六人の中国兵に乗りこまれるが、中国人の召使を装い「(主人は) きのう出たきり帰ってこない」と言いつくろい間一髪、難を逃れた。藤原は中国系の金州農学堂（農業学校）を卒業していて中国語が堪能だったため、日本人と見破られることがなかった。

しかし、外から聞こえてきた中国人の巡査と住民との会話で「日本人はほとんど殺され、守備隊も全滅らしい」と話しているのを聞き、「これは大変なことになった」と気付く。自宅にいては危ないと、懇意にしていた隣の中国人の家に身を寄せ、かくまってもらった。

そして翌三十日夕、銃声がほとんど止んだ外に様子を見に行き、疲れ果てたような日本の兵隊（第二連隊）と出会い、ようやく鎮圧されたことを知り、やや安心する。だが三十一日、棉花協会の仲間たちの消息をたずねて回り、町でみる悲惨さに驚愕することになる。

◆「楽しかった新婚生活」が暗転

満洲棉花協会の職員で奉天から通州に派遣されていた八人の日本人（家族を含む）のうち、藤原を除く七人は市内西側の「安田公館」と呼ばれていた住宅に居を構えていた。主任の安田の名を取った社宅のようなものだ。煉瓦塀で囲まれた同じ敷地内に四つの建物があり、うち三つを安田秀一・正子夫妻、石井亨・茂子夫妻、浜口良二・茂子夫妻と妹の文子という三家族七人が住み、もう一棟は応接室として使用、隣接して中国人大家の自宅もあった。

石井夫妻と浜口夫妻、浜口文子が、一年半ほど前に着任した安田夫妻と合流したのは、昭和十二年六月二十九日のことだった。第二部で再録した浜口茂子の手記「通州事件遭難記」（以下「遭難記」）には、通州での、のどかで穏やかな生活ぶりが描かれている。

朝四時になると、つばめの子が賑やかにえさを求めて鳴いたり、すずめが遊びに来て人みしりをせず、少しも逃げ出したりしなかったこと。自分らだけで買い物にいくと、ことばのまずさもあって、うまくかけひきに乗せられたことなどである。

「私らの生活はまことに平和で明るく、楽しく、前途に希望と光明をもって毎日を幸福に過ごしていたのでございます」（「遭難記」38ページ）という。みな「光栄ある仕事」に燃えていたのである。そこには日本が中国を侵略して、中国人から反発ばかりを買っていたとする、戦後の自虐史観などおよそ感じさせない。

だが、そんなのどかな通州での生活がわずか一カ月で、奈落の底に突き落とされる。七月七日の盧溝橋事件以来、にわかに日中の関係が険しくなったからである。

特に城外にいた中国の第二十九軍と日本の支那駐屯第二連隊との間で戦闘が始まった二十七日になると、城内の上空を銃弾が飛び交うほどに緊張感が高まり、植棉指導所で働く日本人たちも仕事が手につかなくなる。

◆冀東政府庁舎も真っ先に襲撃

この日午後には日本軍の軽爆撃機数機が、第二十九軍に対して爆撃を加えるが、そのうちの一機が間違えて城内の保安隊本部を爆撃して一人が死亡、数人がケガをした。後にこの誤爆事件が保安隊の裏切りを生んだという説が日中双方から出てくるが、裏切りの真の原因がまったく別のところにあったことは、後に述べる。

翌二十八日になると、二十九軍は北京方面に退却し、やや平穏が戻るが、これを追って日本の第二連隊も通州を出ていったため、不穏な空気は続いていた。このため安田公館にいた安田秀一、石井亨、浜口良二と藤原の四人は冀東防共自治政府の庁舎を訪ね、日系の山口二郎参議と面談、情勢を聞く。山口は「どうも情勢が良くないようだから、棉花協会から毎日一人（冀東政府庁舎に）連絡員を出してくれないか」と要請した。

協会側もこれを受け入れ、この後植棉指導所の事務所でこの日の「当番（宿直）」のくじ引きをしたところ、安田が当たった。しかし安田は妻の正子が臨月を迎えており、翌二十九日に自動車で天津の病院に連れていくことになっており、浜口が代わることになった。

藤原の「回顧録」によれば、このとき藤原が「独身だから、私が代わりに行きましょう」と言ったそうだが、浜口は「どうせ行かねばならないのだから、私が行きますよ」と交代を引き受けたのだという。事件でこの冀東政府庁舎も保安隊の猛攻撃を受け、後述のように浜口はここで犠牲になった。

浜口は夕方、夕食を終えて宿直に出かけるとき藤原に声をかけている。恐らく宿直の退屈をしのぐためか、「文藝春秋」を小脇に抱えていたといい、それほど緊張はしていなかったようだ。だが浜口にとって妻の茂子や同僚たちとの「今生の別れ」になってしまった。

◆つかなかった電話、孤立無援の公館

さらにこの日午後には、満鉄から派遣され、棉花協会のメンバーとともに城外の棉作試験場で直接、植棉指導にあたっている岩崎元治場長が、尾山萬代、小川信行、今井義勝といういずれも満鉄派遣の職員三人とともに、安田公館を訪れる。「どうも様子がおかしく、試験場は物騒でならないから、しばらくここに避難させてほしい」と依頼した。むろん安田らは快く受け入れ、四人とも応接室に臨泊してもらうことになった。

浜口を除き計十人となった日本人の「住民」たちは、それぞれ不安をいだきながら夜を明かすが、浜口茂子は翌二十九日の未明、目をさます。

「夏の夜は明けやすく、東の空が白みかかった午前四時近いころだったと思いますが、通りのほうでピストルの音がして、あたりがざわめいてまいりました」(「遭難記」41ページ)。

それより早く異変に気づいていた安田の提案で、十人全員が中央の応接室に集まった。ドンドンと門扉を叩く音がする。中国人のボーイが見に行き、一旦は開けるのを拒否したが、銃弾がビュンビュン飛んでくるようになる。

十人は集まったものの、身を守るピストルは全部で三丁しかない。安田が「これでは仕方ない。

こちらさえおとなしくしていれば、乱暴はしないだろうから、無抵抗でいこう」と言い、全員これに同意した。しかしそのうち、屋根の上からも銃撃を受けたうえ、門から侵入してきた兵たちが当たりかまわず銃撃を浴びせ、応接室は阿鼻叫喚の場と化してくる。

後に浜口茂子は手記の中で冷静に振り返り、日本軍の守備隊などに助けを求めようにも公館には電話がなかったことを明らかにしている。「(電話を)早くから申しこんであったのですが、故意かそれとも申し込みがつかえていたのかわかりませんが、約束の日がきても、いっこうにつけてくれず、それで二十八日にはきっとつけるということになっておりましたが、それもとうとうつきませんでした。後日になって…電話はわざとつけてくれなかったのだと思います。しかし、それに気がついたときは、あとの祭りでした」(「遭難記」40ページ)と書く。

ただ、たとえ電話が通じていたとしても、肝心の守備隊も冀東政府もこの時間、保安隊に襲われていて、防戦一方であり、とても安田公館を救出にいける状態になかった。また冀東政府に宿直に行っていた浜口良二はすでに射殺されていたとみられ、藤原は中国人に化け、身を潜めるしかなかった。つまり十人の日本人たちは、孤立無援の中で、小さな社宅で自ら身を守るしかなかった、のである。

応接室にも銃弾が次々と飛んでくる中、身重だった安田正子と浜口茂子は応接室の奥の小さな部屋に移り、毛布を敷き、ともに板壁を背にして座り息を殺していた。

◆銃や青竜刀で「皆殺し」図る中国兵

残りの八人は表の間で、男たちがピストルを握り、乱入してきた保安隊の中国兵たちと戦おうとするが、多勢に無勢で次々と倒れていく。安田、石井夫妻、満鉄組の四人、そして浜口文子たちである。

藤原が事件後に安田公館にきて応接間を調べたところでは、安田らが持っていたはずの小型ピストルの薬莢《やっきょう》は一つも見つからなかった。あったのは、保安隊の小銃や大型ピストルのものばかりだった。つまり日本人たちはほとんど無抵抗で、保安隊の中国兵たちが一方的に乱射、「皆殺し」をはかったものらしかった。

文子は奉天時代に満洲棉花協会の松田省三常務からもらって大切にしていたハンドバッグを投げつけて防戦していたが、やはり数発の弾を受けて倒れ「おかあさん、痛いよう」という言葉を残して息絶えたという。わずか二十歳という若さだった。

弾は安田、浜口夫人がいた奥の部屋にも飛んできた。安田正子がちょっと起き上がろうとした瞬間、大きなお腹に当って倒れた。気がついた安田が飛んできて「しっかりするんだ」と両夫人の手を握ったが、そのとたん安田のこめかみに銃弾が当たり、そのまま息絶え、正子も気を失って倒れた。これ以上にはない悲惨な夫婦の別れとなった。享年二十七。

浜口茂子も直後、背中に激痛を感じた。板壁を貫いた弾が背中に当ったのだ。こん棒をねじ込まれたような痛さで茂子もまた気を失った。この傷痕は生涯つきまとい、娘の加納満智子さんのインタビューにあるように、後に東京の小学校で教師をしていたとき、健康診断で校医から「これ何？」と聞かれ「実は」と事件の話になったという。

その後、茂子がかすかに気を取り戻すと、反乱兵たちは安田公館のメンバーが身につけていた時計やネックレス、メガネなどを略奪している最中だった。さらに安田正子や茂子の体に青竜刀をあてながら「身ごもっていたんだ」「死んだ、死んだ」と中国語で話しながら、「とどめ」を刺そうとはしなかった。本当に死んでいると思ったのか、それともさすがの中国兵も妊婦だというので、手加減をしたのかは、わからない。

◆お腹の赤ちゃんが助けを求めた？

兵たちは他の人の遺体を応接室に並べ、「イー、アール、サン、シー」と、数えた後、そのまま去っていった。やがて正子も意識を取り戻すが、まだ誰かに見張られているのかもわからず、ふたりとも何時間もその場で身を潜めているしかなかった。

浜口茂子の「遭難記」によればその後、石井亨と、岩崎場長とともに避難してきていた満鉄の小川が一時的に意識を取り戻したらしく、特に小川はうわごとのように水を求めていたという。だが茂子らはなにひとつやってやれなかった、と書いている。

二人の妊婦は二十九日、痛みでほとんど身動きできないまま、しかも飲まず食わずで、八人の遺体といっしょに部屋の中で過ごす。しかし夜になってのどの渇きや空腹に耐えかねて、身重な二人は思い切って窓を乗り越えて庭に出て、飲み物や食料を探した。

初めは最も近い石井夫妻の居室を訪ねるが、何もなく、ボーイの部屋で、やかんに残っていた湯さましとわずかばかりの食べ物を見つけ出し一息ついた。

応接室に戻ってきたとき、安田正子はどこでみつけたのか包丁を二本持っており「これで私たちも死のう」と言う。しかし浜口茂子はこわくて死ぬ勇気もなかったし、心の中で「このありさまを誰かに伝えなければならない」と思って、正子を必死に思いとどまらせた（「遭難記」49ページ）という。

翌三十日は朝から土砂降りの雨だった。二人が耳をすましてみると、安田夫妻や浜口夫妻の家に中国人の男たちが入り込み、次々と略奪をしていく音が聞こえた。くやしくてたまらないが、飛び出していってはせっかく助かった命を奪われるので、じっと我慢していた。

するとその日の夕方になって、「アンテンタイタイ（安田さんの奥さん）」とそっと呼ぶ声が聞こえた。公館に隣接して住む中国人の家主が中門の上から声をかけていたのだ。家主が部屋をのぞきこんだところ、二人のお腹が揺れていたので生きていることがわかったのだという。ひょっとしたらお腹の中の赤ちゃんが助けを求めていたのかもしれない。

◆「遺体は八つだけ」と聞き救出へ

家主は二人を自宅に招き、おかゆを食べさせてくれた。二人にとって生き返る思いだった。家主はすでに保安隊が退散し、代わりに日本隊が救援活動に入っていることを察知して、日本人を助けようとしたようだ。中国人らしい、したたかさの表れだったといえる。

翌三十一日も雨だったが、昼前になってようやく日本の守備隊のメンバーが現れた。守備隊員は「藤原（哲円）さんから、ここには十人おったと聞いたのに、遺体は八つしかなかったので、二人がどこかに隠れているかもしれないと、もう一度探しにきたのです」と言っていた。ギリギリというか、奇跡的な救出劇だった。

その藤原は前述のように、自宅や隣家に身を潜め、中国服を着て中国語をしゃべることにより難を逃れた。三十一日になって雨の中、日本軍によって鎮圧された市中に出てゆき、同僚たちの消息をたずねて動き回る。

その市中には、道端で流れ弾にあたった住民の死骸がごろごろしているのに驚かされる。老人の女性もいれば、子供もいた。「しかも暑さと雨で腐敗膨張して、鼻をつく悪臭を放っており、そのうえ蠅や蛆がうようよしている」(「回顧録」)状態だった。

それでも安田ら同僚のことが気になり、まず守備隊本部を訪ねてみると、中の無電室の前の壁が完全に崩れていた。反乱軍は真っ先にこの無電室を襲ったらしく、守備隊は携帯用の無電で北京や天津と連絡をとろうとするが、全く通じず、やむを得ず満洲経由でようやく連絡できた。その分、偵察機などがやってくるのも遅くなったという話を聞く。

北京でも天津でも中国軍との戦いに追われていたといい、保安隊の反乱がいかに計画的で、中国の二十九軍とも提携の上だったことがわかった。

◆医薬品や棺桶買い集め救護活動

藤原は身分を打ち明けて、安田公館まで様子を見にゆきたいと申し出るが、守備隊側から「まだ敗残兵がウヨウヨしていて危険だ。同僚の安否はこちらから捜索隊を出すから、君には救援活動を手伝ってほしい」と、押しとどめられた。通州の地理や事情に通じている日本人の男性はほとんど、殺されているので、遺体やケガ人の区別や、その収容もままならないから、助けてほしいというのだ。

そこで市内で無事だった薬屋に行き、脱脂綿やガーゼなどを片っ端から買い集め、さらに無人の棺桶《かんおけ》屋から数個の棺桶を持ちだした。そうして守備隊本部に帰ると、何とそこに安田正子と浜口茂子の二人がいた。

前述のように、守備隊が安田公館を捜索したときには八人の遺体が見つかった。しかし守備隊を訪れた藤原が「十人いたはずだ」と証言したため、もう一度探しにゆき、家主の自宅近くに潜んでいた二人を見つけ、守備隊本部で保護したばかりのところだった。

藤原は身重な二人の生還に「よく無事で」と目頭を熱くするが、同時に二人の話から、安田、石井夫妻、浜口文子らの無念の死を知り、一縷の望みが消えたことに愕然とする。それでも二人のために毛布などをかき集め、軍医に対して、臨月を迎えている安田正子を天津の病院まで飛行機で運ぶなどの手はずを頼んだうえ、もう一人の消息不明者である浜口良二を捜すため、日本人憲兵とともに、冀東政府の庁舎に向かう。

◆夫の死にも日本人らしく健気に

だがここでも絶望感を味わうだけだった。本来この政府を守るはずの保安隊の攻撃を受けた庁舎内には、寝込みを襲われたらしい寝巻姿やパンツ一枚の遺体などが転がっている。そして応接室に入ると浜口が宿直に出かけたときの背広姿でうつぶせに倒れていた。浜口も二十八歳という若さだった。

眉間を一発撃たれていて、これが致命傷だった。足元にはやはり宿直に出かけるとき小脇に抱えていた「文藝春秋」が落ちており、いきなり反乱兵に襲われたことを物語っていた。藤原は浜口の頭髪を切り取り、封筒に入れ、憲兵に遺体の処理を依頼した後、再び守備隊本部に帰り、浜口茂子にその事実を告げ、遺髪をさしだした。「こんなつらい、情けない思いをしたのは生まれて初めて」だったという。

「しかし、奥さんは、すでに覚悟をしておられたものとみえ、私の報告にじっと耳を傾けてうなずかれ、それがすむと『お世話さまでした。ありがとうございます』と言って頭をさげられました。こみあげてくる悲しさを抑え、目に一杯涙を浮かべながらも、少しも取り乱さなかった健気《けなげ》さに深い感動を覚えました」(回顧録)と書く。

茂子自身もこの場面をふり返り「声を忍んで、思い切り泣いたのでございます。しかし取り乱してもの笑いになるようなことはいたしませんでした」(「遭難記」54ページ)と書く。確かに茂子はまだ二十二歳だったが、これほど凄惨な事件に巻き込まれていながらも、常に気丈に、冷静にふるまおうとしていた様子が他の場面からも読みとれる。

例えば安田公館の応接室の奥の部屋で、保安隊の銃弾が次々に撃ち込まれ、同胞たちが倒れていくのを目のあたりにしながらも、「こわい、おそろしいを通り越して、せめても一矢むくいたく、歯ぎしりする思いがしました」という。

その後、安田正子とともに倒れていた部屋に中国兵たちが踏み込み、腹を蹴ったり、青竜刀を肩のあたりにつきつけ二人が死んでいるかどうかを確かめるという切羽つまった場面でも、「うす目をあけて」青竜刀の形や厚さをしっかり観察しながら、兵たちのやることに「そのにくたらしさに腹わたが煮えくり返る思い」だったという。

そのために、「遭難記」というかけがえのない貴重な記録を残すことになったのだが、そこにあったのは、かつての「サムライ」の妻たちと同様、「大和なでしこ」としての自覚だったのかもしれない。

◆飛行機で運ばれ「奇跡」の出産

三十一日は正子と茂子の二人とも、他に泊るところもないため、まだ死臭が漂っている守備隊本部に、傷ついた体を横たえるしかなかった。だが翌八月一日になると、天津から日本軍の飛行機一機が到着、臨月の安田正子が折り返しこれに乗り、天津の東亜病院まで運ばれることになった。

この天津からの飛行機には、日本の天津軍司令部顧問の吉田新七郎も乗ってきた。戦前の家畜学者で満洲や華北地方で畜産などの指導にあたっていた吉田新七郎博士と思われるが、仕事柄、満洲棉花協会のメンバーとも親しくしていたようで、通州での惨劇を聞き、かけつけたらしかった。正子を東亜病院に入院できるよう手配したのも吉田で、他の重傷者がいたため、通州に取り残された茂子も翌日には飛行機で同じ病院に運ぶように手続きをしてくれた。

こうして安田、浜口の両夫人とも八月二日までには、東亜病院に収容された。二人とも「奇跡の生還」ということで、病院側からは、いたれりつくせりの治療を受ける。

安田正子の場合、銃弾を下腹部に受けたが、奇跡的に胎児は無傷だった。しかも貫通銃創で、銃弾が体内には残っていなかったため、八月十五日には無事女児を出産した。

藤原によると、安田夫妻にとっては三度目の妊娠で、前二回は流産していたという。それだけに「もし安田主任が生きておられたら、どんなに喜ばれたことであろうと、その様子を想像して思わず目頭が熱くなりました」と「回想録」に書いている。正子は迎えにきた義兄とともに茂子より一足先に日本に向かい、郷里の岐阜に帰った。

一方茂子の傷の方は、やっかいだった。背中に銃弾のかけらが多数残っていたため右手が不自由になり、事件後の悲惨な生活のためか、せきや血痰が止まらない。九月初めに右脇の下を切開して、銃弾のかけら九個を除去することに成功したが、肺に入ったかけらまでは取り除くことができなかった。それでも健康に大きな影響はないからとそのまま体内に残すことになった。

また出産については、出産予定日が茂子が思いこんでいたよりも一カ月も遅いことがわかったため、キズが癒えた後、浜口の実家があった三重県宇治山田市（現伊勢市）へ帰り、十月末、長女（満智子さん）を出産した。その後の母子の生きようは加納さんへのインタビューにある通りである。

◆血染めの手帳に残した遺書と辞世

ここで、やはり満洲棉花協会の職員で、安田や浜口兄妹とともに通州事件の犠牲になった石井亨・茂子夫妻についても触れなければならない。

前述のように石井夫妻は昭和十二年七月二十九日未明、安田秀一ら八人とともに安田公館といわれた社宅の応接室に集まっていたところを、保安隊の中国兵に襲われ、銃弾を浴び亡くなった。

遺体は他の六人とともに仮埋葬された。事件から八日後の八月七日、他の犠牲者たちの遺体収容をすべて済ませた藤原哲円が、奉天からかけつけていた満洲棉花協会技術主任の古田太三郎、天津からきていた石田陸太の三人で、「戦場」となった応接室を弔いに訪れた。石田は浜口茂子の母方の従兄で、急を聞き茂子らを捜しに通州に乗り込み、無事を確認した後、遺体収容などを手伝っていたのだ。

応接室は一応の片づけが終わっていたが、その片隅に血に染まった黒い手帳が落ちているのを古田が見つけた。藤原が確認すると、それは間違いなく石井の手帳だった。中を開くと末尾のようなところに何と遺書や「辞世の句」と読み取れる書き込みがあった。

応接室の奥の部屋で九死に一生を得た浜口茂子によれば、石井は二十九日の昼過ぎごろ、息を吹き返していたような気配があったといい、「今はのとき」に、最後の力をふりしぼり、鉛筆で書きつけたものらしかった。

遺書や辞世は、三枚にわたっていた。

「六時三〇分襲撃サル　残念　ニギヤカニ　ユクヤ三途ノ河原カナ」

「バンザイ　アトヲ頼ム」

「パパ　ママ　正金ニ　二五〇円アル」

文章が漢字とカタカナ混じりになっているのは石井の「クセ」だったらしく、字も苦しさの中で書いたために、ややたどたどしいが、何としても事件の事実や悔しさを少しでも家族や関係者たちに伝えたいという、気迫のようなものが伝わってくる。

このうち「正金」とは横浜正金銀行の略称で、両親に対してここに二百五十円の預金があることを伝えようとしたもののようだ。両親を「パパ、ママ」と呼ぶのは当時としては珍しい気もするが、石井は後に書くような名家の出身で、姪で今、東京都世田谷区成城に住む石井葉子さんによれば、石井家では古くからそうした呼び方をしていたという。

◆使命持ち満洲に渡った農学博士

この「血染めの手帳」は当然、成城の実家の父、石井直のもとに返され、長く保存されていた。しかし葉子さんによれば、何十年か後に「いつまでもこういうものを取っておいては、本人が成仏できない」といった親戚の声もあって、処分してしまったという。

それでも処分される前の昭和四十五年一月ごろ、無戮會会長の松田省三の意を受けた元満洲棉花協会の上司、江上利雄が成城の実家を訪ねて、当時まだ健在だった母親の津留らと面談、遺書や辞世を写真に収めるとともに、手帳の他の部分とともに書き写した。

これに石井が通州から両親に送った手紙も加え、『通州事件の回顧』(無戮會、私家本)の中に「最後の手紙と血染めの手帳」として書き残した。藤原や浜口茂子の手記とともに、通州事件を知る貴重な史料となっている。

また辞世は父親の直の依頼で松田により「賑やかに行くや三途の河原か奈」と清書され、墓の代わり（遺骨は戻ってこなかった）として、句碑が石井家の菩提寺である横浜市神奈川区飯田町（現神奈川本町）の慶運寺本堂裏にある石井家の墓所に建てられた。その裏面には「同州保安隊叛ヲ謀リ突如公館ヲ襲フ亨奮戦能ク拒ギタリト雖モ衆寡敵セズ遂ニ妻シゲト共ニ凶刃ニ殪ル…」などと石井夫婦の最期を記した碑文が彫られている。

手帳は石井の日記の役割も果たしていた。ただその中身は、植棉指導所や品種改良のため通州城外の小街村に設けた採圃場での仕事や、植棉に影響する気温、降雨量などを淡々と短く記したものがほとんどで、当時の政治情勢や通州の様子などを書いたものは少ない。特に事件の三日前の七月二十六日には日曜日にもかかわらず、小街村に出かけており、石井たちが日本人らしく如何に実直に働いていたかがわかる。

ただ、事件の九日前の七月二十日づけで、成城の父、石井直宛てに書いた「最後の手紙」には、盧溝橋事件後の通州の様子がかなり詳しく書かれている。「最後の手紙と血染めの手帳」から一部を引用する。

「新聞でみると事変も仲々大変の様ですが、通州は至極のんびりとして、九日の朝迄そんな事があったとは一つも知らないで居ました。北平はしかし大分騒いでいる様ですが、当地には日本の兵営もあり（家から二丁位）、軍からも別に引揚の準備を命令しても来ず、もし引揚るとしてもこゝからなら熱河にも、唐山、天津、山海関等に自動車で出られるので心配は要りません。冀東地区には支那の軍隊は入る事もなく、又入れる事も絶対にないですから…」

多少の説明が必要だろう。「北平」とはしばしば出てくるが、北京のことで、当時、蔣介石政府の首都は南京だったので、こう呼ばれていた。七月七日の盧溝橋事件直後には、日本と中国の間で現地停戦協定が結ばれていたが、なお北京では中国側の挑発で小規模の戦闘が続いていた。

それでも通州には「日本の兵営」つまり守備隊本部があるうえ、冀東防共自治政府は日中の「中立地帯」で、支那の軍隊、つまり宋哲元の第二十九軍は入れないことになっており、冀東政府が雇った保安隊がいるだけだから全く大丈夫だ。石井らはそう、信じてやまなかったことを示している。それだけに保安隊による「裏切り」は、通州の日本人たちにとって「青天の霹靂」であるとともに、痛恨の極みだったのだ。

◆棉作改良で「弔い合戦」を誓う

その石井の実家はかつて、東海道五十三次の江戸側から三つ目、神奈川宿の本陣で、慶運寺もその近くにあった。明治天皇が初めて京都から江戸に入られたときなど二回にわたってお泊りになったほか、伊藤博文など明治の元勲たちもたびたび宿泊したという名家である。

その後、一族が成城学園の創立にかかわったことから、世田谷区の成城に移り住むが、そうした事情もあって、高学歴者が多い。明治四十五年生まれで、直の四男の亨も東京帝国大学の農学部を卒業した農学士で、陸軍幹部候補生としてしばらく関東軍の輜重兵伍長をつとめるが、昭和十年の秋に除隊、奉天の満洲棉花協会に技術職として入っている。

十二年一月には、棉花協会の友人の妹だという三歳年下で、偶然浜口夫人と同名の茂子（シゲ子、シゲとも書く）と結婚、その五カ月後、浜口良二らとともに通州に派遣されて、安田公館内に居を構え、運命の七月二十九日を迎えたのだった。

亡くなったときは二十五歳になったばかりで、安田秀一や浜口良二よりも三歳ほど年下だった。しかし東大農学部卒というキャリアなどから、棉花協会の技術畑のエースとして期待されていたことは間違いない。

相当なインテリでもあったことは、あの修羅場できちんとした辞世の句を残したことでもわかる。ノンフィクション作家の加藤康男氏は昨年出版した『慟哭の通州』（飛鳥新社）の中で、この句について次のように書く。

「最期だというのに『ニギヤカニ　ユクヤ』とは、並々ならぬ度量の持ち主だったことがうかがえる。一緒に斃れた同僚たちの遺体が何体も傍にあったため、諧謔をこめて『ニギヤカニ』と詠みながら、従容《しょうよう》として死についたものとも考えられる」

石井夫妻をはじめ浜口良二、文子、それに安田秀一という棉花協会関係の五人の遺骨（遺体は他の犠牲者らとともに埋葬されており、実際は遺髪などだったらしい）は、藤原らによって天津から海路、大連へ。そこから満鉄で初任地だった奉天へと運ばれ、八月十八日、大義寺という寺で棉花協会葬がとり行われた。

葬儀では協会の松田省三常務理事が「全身から沸き立つ憤りと、心の底からにじみ出る悲しさ一杯を表わして、北支における棉作改良の弔い合戦を堅く誓われ…満場粛然として襟を正した」（『回顧録』）という。

その言葉通り、満洲棉花協会は事件のあおりで十二年十二月をもって解散するが、松田らは「安田らを犬死させるな」を合言葉に北支(華北)に転進、この地の棉花の改良増産に大きく貢献、その非業の死に報いたのである。

◆なぜ保安隊は裏切ったのか

ここまで満洲棉花協会とのかかわりを中心に、通州事件の経緯を見てきたが、それだけでも、冀東政府保安隊の中国兵たちの「裏切り」の実態や、無辜《むこ》の市民たちをあたりかまわず惨殺する非道さが浮き彫りとなった。棉花協会の職員たちのほとんどは、形としては関東軍の軍属となっていたが、武器はほとんど持たない非戦闘員だった。日本の国民が事件が報道されるや、激しい憤りを抱いたのも当然だった。

しかし戦後となると、加納満智子さんのインタビューにもあった通り、これほどの事件が、ほとんどの歴史書や歴史教科書にも書かれなくなった。それどころか、事件の原因は日本軍にあるとする「自虐史観」が、ここにも登場する。例えば小学館発行の「日本大百科全書」の「通州事件」の項には、こう書いている。

「日本の華北支配に対する中国軍の抵抗事件。日本の傀儡政権冀東防共自治政府のある河北省通州は、塘沽協定により非武装地帯とされていたが、宋哲元麾下の第二九軍の一部隊の駐屯が黙認されていた。盧溝橋事件により、日本軍は一九三七年（昭和一二）七月二十七日、第二九軍掃討のため通州を爆撃、自治政府保安隊に大きな被害を与えた。このため保安隊は自治政府に反乱を起こし、第二九軍とともに日本軍守備隊を攻撃、同政府長官殷汝耕を捕らえたほか、在留日本人・朝鮮人二百数十人を殺害した。反乱は日本軍により一日で鎮圧され、自治政府の謝罪、慰藉金の支払いなどで解決したが、日本では中国側の暴虐として過大に宣伝された。（岡部牧夫）」

「過大に宣伝」は論外としても、七月二十七日に起きた日本軍による爆撃が通州の保安隊に被害を与えたことで、保安隊が反撃に出たとする説は、事件直後からあり、日本側にも当時の駐北京日本大使館の森島守人参事官らこれを一部認める者もいた。

◆計画的に攻撃した二十九軍と保安隊

だが日本軍（天津の支那駐屯第二連隊など）がその退去を求め、攻撃にいたった中国の第二十九軍は、通州城外にいたのであり、城内の保安隊を爆撃したのは完全な「誤爆」だった。確かにこの誤爆により一人が死亡しており、保安隊に動揺が走ったのは事実だろうが、日本側は通州特務機関長の細木繁中佐がただちに見舞いに行き鎮静化につとめており、これがただちに反乱に結びついた様子はなかった。

百歩譲って保安隊が誤爆に激怒したとしても、反撃すべきは日本軍に対してであり、無辜の居留民を無差別に襲うと明らかな国際ルール違反だ。

もうひとつ、通州の中国人たちが華北に駐屯する日本軍や居留民に対して強い反発を持ち、これが保安隊の反乱を後押ししたという説もある。しかし前述の通り、日本軍は他の西欧列強と同様、三十七年前の義和団事件後に結ばれた協定により合法的に駐屯しており、日本軍だけが特に住民の反発を買っていたわけではなかった。

また満洲棉花協会ひとつをとっても、冀東政府から通州の棉花の改良や増産に協力を求められて、安田らを派遣したのであり、無理やり乗りこんできたわけでは決してなかった。しかも日本人特有の勤勉さで、たちまち増産に成功、現地の農民の信頼を勝ち得て、堅い絆で結ばれていたことが『通州事件の回顧』に描かれている。

さらに浜口茂子も「遭難記」の中で、通州入りした後、事件が起きるまで極めて平和でのどかな生活をおくっていたと書いており、この町で日本人（朝鮮半島出身者を含む）と中国人の間で、ぎすぎすした反目があったとはとても思えない。

◆変節に気付かなかった日本人

事件を身をもって体験した数少ない生き残りだった藤原哲円は「回顧録」の中で「通州事件は、決して偶発的突発的に起こったものではありません」と書いている。その通り、事件は日本軍の誤爆を機に保安隊が突然、反乱を起こしたものでもなく、日本軍や日本人に対する単なる反発から自然発生的に起きたものではなかった。中国軍による極めて計画的に練られた日本人虐殺事件だったのである。

事件は前述の通り、七月二十八日深夜から二十九日未明にかけ、張慶余に率いられた保安隊の第一総隊が日本軍の守備隊を攻撃して始まったのだが、その間、張硯田の第二総隊は各門を閉じ、城外からの日本軍の来援を阻止しようとしていた。

さらに藤原は「回顧録」で、保安隊が守備隊を襲ったさい、真っ先に無電室に二十数発の砲弾を撃ち込み、外部との連絡を不能にしたことにも衝撃を受けている。また浜口茂子も安田公館に電話を引こうとして、冀東政府に申請してもなかなか実現しなかった事実を明らかにしている。

守備隊が代わりの携帯無線で天津の支那駐屯軍と連絡を取ろうとしてもつながらなかったという。それもそのはず、天津軍はこの時間、天津の日本租界（注7）を襲ってきた第二十九軍との戦いにかかりきりになっていたのである。

こうして見ると、事件は明らかに中国の第二十九軍と通州保安隊とが綿密に打ち合わせたうえで起こしたことが間違いない。日本の支那駐屯軍が第二十九軍を追って北京方面に向かったスキを突き、いっせいに通州や天津の日本租界を攻撃、日本人を一掃しようとしたものだった。実際、戦後の中国側の証言でも、第二十九軍の軍長、宋哲元と張慶余らはひそかに会合を続け、宋が張らに裏切りを促していたことがわかっている。

宋哲元は中国側が日本軍の「南下」を防ぐために設けた冀察政務委員会の委員長でもあり、

本来は冀東政府とともに日中両勢力の「緩衝剤」の役割を担うはずだった。

だが国民政府の蒋介石は盧溝橋事件から十日後の七月十七日、江西省の廬山で行った「最後の関頭演説」で、「今や敵は北京の入り口まで迫ってきた」と述べ、対日攻勢を宣言した。盧溝橋事件を格好のネタとして、日本を戦争に巻き込もうとしたのだ。宋哲元もこれを受けて「緩衝剤」の役割をかなぐり捨て、保安隊の寝返りを誘い、反日に舵を切ったといえる。

◆あまりに大きかった犠牲

さらに今年一月四日、産経新聞が報じたところによれば、中国共産党も保安隊幹部と接触、離反を扇動していた事実も明らかになった。報道によれば、河北省周辺で地下活動をしていた共産党北方局（劉少奇書記）の黎巨峰、王自悟という二人の工作員が、冀東政府成立直後から保安隊の張慶余や張硯田らと関係を構築、「抗日救国に一致する大義」を強調したという。

こうした事実は、現在の河北省唐山市の機構が運営する研究サイトなどで公表されている。実際に保安隊の反乱にどう関わったかは不明だが、共産党が自らの関与をあえて示すことで「抗日」の実績を誇示する狙いがあるとみられ、信ぴょう性はかなり高い。共産党としては何としても蒋介石と日本を戦わせたかったのである。

満洲棉花協会の通州事件犠牲者の33回忌に集まった棉花協会関係者。前列中央、背の高い男性が元常務理事の松田省三氏、その右が浜口（現加納）満智子さん。昭和44年ごろ。＝加納満智子さん提供

だが日本は、それまでの中国側との「約束」を信じるあまり、こうした「変節」や「工作」に全く気がついていなかったことは、棉花協会の藤原の「回顧録」や石井の「最後の手紙」でも窺い知ることができる。このため武装した保安隊をそのままにして、通州を空っぽにして第二十九軍を追って北京へ向かい、同胞たちを守ることができなかったのである。日本軍はその優れた軍事力で、保安隊を駆逐、天津の日本租界を守ることにも成功、半月後には上海事変から本格的な日中戦争に突入するが、そのいわば端境期に起きた通州事件の犠牲はあまりに大きかった。

（一部敬称略）

（注1）塘沽停戦協定　昭和8年5月31日、天津郊外の塘沽において関東軍参謀副長の岡村寧次と中国国軍代表の熊斌との間で結ばれた。これで六年の満洲事変以来続いていた日中両軍の衝突・係争にはとりあえず終止符がうたれた。

（注2）冀察政務委員会　蔣介石の国民政府が冀東防共自治政府に対抗するため華北に設置した自治政府。冀は河北省、察は当時のチャハル省の意味。委員長は第二十九軍の軍長、宋哲元で、蔣介石のライバル、馮玉祥配下の軍人だった。宋哲元は表向き防共、親日の姿勢をとっていたが、蔣介石の抗日演説にいち早く呼応した。

（注3）　廊坊事件　北京―天津間にある廊坊駅付近で日本軍の軍用線が切断される事件が相次いだため7月25日深夜から26日にかけ、支那駐屯軍の通信隊が修理に当っていたところ、駅付近に駐屯していた中国・第二十九軍第三十八師団の軍隊により銃撃を受け、６人が重軽傷を負った。日本軍は同師団に対し事前に工事の通告をしていた。

（注4）　広安門事件　7月26日、北京の日本人居留民を保護するため天津から出動した支那駐屯軍の一個大隊が、中国側に通告のうえ、北京西部の広安門から北京に入城しようとしたところ、第二十九軍に襲われ、３人が戦死、多数の負傷者が出た。一連の事件で日本軍は「親日」と見ていた二十九軍に対する不信感を強め、掃討に乗り出す。

（注5）　萱嶋高大佐　萱嶋大佐はその後、熊本の留守第六師団長などを務めた。戦後の昭和22年4月には、当時の部下２人とともに東京裁判に出廷、通州事件の悲惨さについて証言したことで知られる。

（注6）　天津租界　租界とは中国の上海など開港都市で、外国が自国の居留民を守るため警察権や自治権を設定した地区のこと。19世紀中頃、英国が上海にはじめて開設、西欧列強、日本がこれについだ。日本は１９００年の義和団事件の後、天津にも設け、紡績業の拠点としていた。

あとがき

自由社のブックレットシリーズが、通州事件を取り上げるのは平成二十八年七月発行の『通州事件　目撃者の証言』（藤岡信勝編著）に次いで、本書が二冊目である。

『目撃者の証言』は、佐賀県で浄土真宗本願寺派の住職をされていた故調《しらべ》寛雅《かんが》氏の著作に掲載された佐々木テンさんという女性の証言を中心に、通州事件アーカイブス設立基金代表の藤岡信勝氏の編著で事件を再現させたものである。

テンさんは中国人男性と結婚して通州に渡り、昭和十二年七月二十九日、事件と遭遇、その悲惨さや中国兵の残忍さを目のあたりにした、文字通りの「目撃者」であり帰国後、調住職に一部始終を証言していた。

証言は日本人女性が凌辱を受ける場面まで克明に描いており、読むのがつらくなるほどだが、それだけに読者に与えた衝撃は大きく、ほとんど口こみながら、一万部を大きく超えるベストセラーとなった。

またブックレットではないが、その二カ月後に発行されたノンフィクション作家、加藤康男氏の『慟哭の通州』（飛鳥新社）も版を重ねた。

なぜ今になって、八十年前の通州事件がこれほどまでに関心を呼んだのだろうか。それは、ありもしなかった「南京大虐殺」と対照的に、約二百五十人の日本人（朝鮮半島出身者を含む）が惨殺されたこの事件が戦後、一貫して無視されてきたことへの反動だろう。

事件は、日本の中国大陸侵略の結果、またはそのことへの報復で起きたという誤った認識によって、ほとんど抹殺されてきたといってよい。それでは亡くなった多くの人々が浮かばれない。このため、私たち通州事件アーカイブス設立基金では、もっともっと多くの人に事件の真相を知ってもらいたいと、さらなる研究や出版を重ねることになり、ブックレット第二弾として「満洲棉花協会員たちの悲劇」を取り上げることになった。

きっかけは、加納満智子さんとの出会いだった。序文で書いたように、加納さんは妊娠六カ月の母親の胎内で事件に「遭遇」した。満洲棉花協会から通州に派遣されていた父と叔母を惨殺され、母の浜口茂子さんも大けがをしたが、母と娘は奇跡的生還をはたした。

約三十年後、茂子さんはそのときの記憶を、手記「通州事件遭難記」に著し、棉花協会のOBたちによる「無斁會《むえきかい》」編の『通州事件の回想』に収録された。手記には茂子さんが安田公館と言われた棉花協会の社宅で中国兵に襲われ、いっしょに泊っていた棉花協会などのメンバーが次々に殺されていく模様や、間一髪危機を免れ助けられるまでを克明に描いている。

青竜刀を持った中国兵たちにあわや殺害されそうなときでも、兵たちのことをしっかり観察するなど、茂子さんは恐れ入るばかりに、冷静に事件をみつめ、記憶に残していた。このため『通州事件の回想』に収められた他の二つの手記ともども、事件を知るうえでこの上ない貴重な証言となっていた。

ただ『通州事件の回想』は四十五年以上も前の私家本で、市販はされていない。このため、一般の人に広く読んでもらうことはできないものかと模索していたところに、加納満智子さんに出会うことができた。その許可を得て手記を再録、加納さんのインタビューや満洲棉花協会と事件の歴史とともに、ブックレットとして発行にこぎつけることができた。

恐らく娘としては、読むのも辛くなるようなお母さまの手記の再録をお許しいただいたうえ、インタビューにも快く応じ、写真も提供して下さった加納さんには感謝の言葉しかない。

また、『慟哭の通州』執筆のため事件の現場を見に行かれた加藤氏には、多くのことを御教示いただき、やはり満洲棉花協会の一員として犠牲になった石井亨氏の姪の石井葉子さんからは石井氏にまつわる話をお聞きできた。また、通州事件アーカイブス設立基金の人たちにも貴重な資料を提供いただいた。重ねてお礼申し上げたい。

平成二十九年三月

皿木喜久

皿木 喜久（さらき よしひさ）

昭和 22 年鹿児島県生まれ。46 年京都大文学部卒、産経新聞社入社。政治部次長、論説委員長などを経て平成 27 年退社、現在産経新聞客員論説委員、新しい歴史教科書をつくる会副会長、通州事件アーカイブス設立基金副代表。著書に『子供たちに伝えたい　日本の戦争』『子供たちに知らせなかった　日本の戦後』『明治という奇跡』など。

通州の奇跡
凶弾の中を生き抜いた母と娘

2017年5月25日　初版発行

編著者　皿木 喜久
発行者　植田 剛彦
発行所　株式会社 自由社
〒112-0005 東京都文京区水道2−6−3
TEL 03-5981-9170　FAX 03-5981-9171
印刷製本　シナノ印刷株式会社

ISBN 978-4-908979-01-9 C0021

URL http://www.jiyuusha.jp/
Email jiyuuhennsyuu@goo.jp